마음을 풀어주는 명상

마음챙김 · 알아차림

마음을 풀어주는 명상

다이애나 St 루드 지음 | 홍종욱 옮김

뒤엉킨 마음을 풀어주고 사유를 초월하는 깨침의 명상

Experience
Beyond Thinking

지혜의나무

들어가는 말

　나는 아침에 잠에서 깨어도 잠자리에서 곧장 일어나지 못해 출근에 늦어지는 일이 잦았습니다. 내가 아침 기상에 어려움을 겪고 있는 것을 안 한 이웃이 나의 스물한 살 생일에 반복해서 울리는 괘종시계를 선물했습니다. 나는 기억하기로 그 시계에 '빅벤'이라는 적당한 이름을 지었는데 그 시계 안에는 큰 벨이 들어 있어 그것이 울릴 때마다 위의 뚜껑이 열리면서 벨이 울다가는 그치고, 그쳤다가는 다시 울고 하기를 반복했습니다.

　처음에는 그것이 참으로 효과가 있어 나는 매일 아침 때맞춰 일어났습니다. 그 시끄러운 소리에 누가 잠을 또 청하겠습니까? 그러나 특히 추운 아침에 그러했지만, 그 따뜻한 이부자리에서 정말 벗어나고 싶지 않아 나의 잠재 의식은 그 벨소리를 무시할 구실을 만들어 내고 있었습니다. 때로는 벨

소리가 아무리 커도 전혀 안 들은 것처럼 하기도 하고, 혹은 다급하게 재촉하는 듯한 소리를 별것 아닌 것으로 여기기도 했습니다. 어떤 경우에는 그것이 도로를 달리는 소방차의 단속斷續적인 소리가 되기도 하고, 어느 때는 첫 번째 울림은 나를 깨우는 소리로, 두 번째 울림은 잠을 계속 잘 수 있도록 첫 번째 울림을 지우는 소리가 되기도 했습니다.

나의 마음은 현재 일어나고 있는 진실을 외면하여 모르는 체 하려는 잔꾀를 부리고 있었던 것입니다. 그러나 마침내 결정적인 날이 왔습니다. 벨이 울리면 바로 일어나서 시간에 맞춰 출근하기로 그날 굳게 결심했습니다. 그렇지 않으면 직장을 잃을 테니까요. 굳은 결심을 하자마자 나는 결행했습니다.

명상은 이와 조금 비슷합니다. 우리 자신을 일상의 깊은 잠에서 깨어나게 하는 것과 같습니다. 때로는 잠에서 깨어나기가 어렵습니다. 우리는 잠자고, 꿈을, 그것도 달콤한 꿈을 꾸고, 혹은 무서운 악몽 속에 격심한 고통으로 괴로움까지 겪는 일을 계속하고 있습니다. 깨고 나면 별 것 아닌 것을—깨어날 때인데—우리는 실제로 그렇게 하려고 하지 않습니다. 책을 읽고, 이야기를 듣고, 남의 이야기를 생각해 보곤 하지만, 실제로는 아무것도 하지 않습니다. 얻은 지식 모두를 별 것 아닌 것으로 여기기 일쑤이며 그래서 계속 잠에 빠져 있습니다.

여러분은 인생의 꿈에서 깨어나기를 바랍니까? 명상을 한다는 것은 인생의 꿈에서 깨어나게 하는 내면의 확고한 결단이라 할 수 있습니다.

명상은 근본적으로 뒤엉킨 마음을 풀려나게 하는, 마음의 매듭을 푸는 방법을 배우는 과정입니다. 지성과 감성은 하나

이기에 여기서 '마음'은 이 양자를 뜻합니다. 마음이 열려 있고 감성이 부드러울 때 자기 자신을 자유롭게 하는 무언가가 작용하기 시작하며 따라서 망상에 사로잡혔던, 갇혀 있는 세계에서 풀려나게 됩니다.

명상은 생활에서 겪는 모든 것을 알아차리는 방법이며 생활하고 있는 공간을 알아차리는 방법이기도 합니다. 드러난 것과 드러나지 않은 것, 모든 수수께끼가 도사리고 있는 곳을 알아차리는 것입니다.

'알아차림'이 관건이나, 알아차림이 의미하는 것은 무엇일까요? 아마 대부분의 사람들에게는 주변에서 일상 일어나는 것들을 아는 것을 의미하겠지만 명상과 관련지어 설명하면, 알아차림은 '깨어 있음'을 의미합니다. 아주 민감하게 깨어 있어 원초적 상태에서의 순간을 알고, 느끼고, 생동하면서 대상인 색깔과 모양새, 소리, 감촉, 냄새를 알아차려 이런 대상에 이끌리지 않고 직접 인지하는 것, 최소한 이것이 명상입니다.

주위에서 일어나고 있는 것들을 깊이 알아차리면 대상에서 행복을 구할 것은 별로 없다는 사실을 알게 됩니다. 희망, 소원, 두려움, 그 외에 여러 가지가 있겠습니다만 진정한 행복—지복—을 제외하면 모두 마찬가지겠지요?

인생이란 정말 얼마간은 게임 같은 게 아닐까요? 우리는 무얼 기대하지만 막상 그것이 이루어지면 그것을 불평하고, 원망하고, 근심하고, 그래서 그것이 바뀌어 더 좋게 되기를 바랍니다.

대부분의 경우 꿈은 결코 이루어지지 않습니다. 그리고 그 외의 나머지 부분도 결코 제대로 되지 않습니다. 지금 물질

부분—집, 승용차, 배우자, 자녀, 직장, 신분, 오락, 안전, 건강—에 대해 이야기하고 있습니다만 문제는 얼마나 많이 가지느냐가 아니라 그것을 얼마나 즐기느냐에 있습니다.

왜 수많은 생명 존재들은 굶주림과 추위와 더위, 질병과 사나운 공격, 육체적 정신적 혹사와 박탈, 시련과 불의, 기타 등등을 참아 내야 하는 것일까요? 생생한 지옥을 겪어야 하는 경우도 있습니다. 그렇지 않은가요? 심지어 냉장고에 치즈가 없어 괴로워하는 사람도 있습니다.

우리는 왜 괴로워할까요? 괴로움을 주는 것은 육체적 고통일까요? 양식 부족? 아니면 원기 부족? 사랑의 결핍? 우리에게 괴로움을 주는 타인의 권력이 가하는 압제와 지배일까요? 우리의 외부에 있는 것일까요, 아니면 우리 내면에 있는 것일까요? 아니면 나 자신 때문에 괴로움을 받는 것일까요?

위대하신 분, 붓다께서는 이에 해답을 주셨지만 해답의 내용은 해답의 표현 자체를 뛰어넘는 그 무엇이었습니다. 말씀 그 자체를 진리로 여기지 말고 하나의 방편이나 표지판, 혹은 무엇을 가리키는 손가락으로 여길 것을 분명히 밝혔습니다. "각자 실상을 스스로 알아차리고 경험하라."고 했습니다. 그렇지 않으면 그게 무엇일까요? 그것은 단지 관념—혼돈의 바다에 표류하는 쓸모없는 개념—에 불과할 따름입니다. 그래서 붓다께서는 경험하신 것을 말씀하셨던 것입니다. 붓다께서는, "가지지 못한 것을 가지기를 바라기 때문에 괴로움을 받느니라."고 말씀하십니다. "그렇습니다. 그런데 그 외의 것은……"이라고 우리는 대답하겠지요. 그렇지요, 그 외의 것은 아무것도 없으며 그런 것 같습니다. 모든 괴로움의 원인은 열망, 소원, 기원, 갈망입니다. 그다지 큰 이유인 것 같지 않습니다. 남편에 대해서는? 아내에 대해서는? 직업은? 날씨는? 팔에 느끼는 통증은? 자살한 소년에 대해서는?

있는 사실 그대로를 말하는데 말장난 같지만 이것은 진실입니다. 어떤 소년이 자살했다고 해서 그가 바라고 원하던 것이 바뀔 리가 없습니다. 이 사실에 대해 내가 할 수 있는 일은 그 사실에 대한 관계뿐입니다. 인생에서 내가 결정할 수 있는 것은 이 순간을 어떻게 사느냐 하는 것과 지금 어떻게 행동하고 말하느냐는 것입니다. 과거를 바꿀 수 없고 내가 바라는 대로 미래를 나에게 맞게 꾸려 갈 수 없으며 다른 사람에게 내가 바라는 대로 말하고 행동하게 할 수 없습니다. 내가 가진 모든 능력은 이 별난 몸과 마음에 관계된 이 순간 속에 있습니다. 이것은 우리에게 내재한 아주 강력한 지위입니다.

'실상'에 대해 스스로 알아차리려고 해야지 숙고하고 지식을 토대로 남과 토론하는 데 핵심이 있는 것이 아닙니다. 알아차리는 일은 망설여지고 주저되어 다음날로 미루고, 알아차림의 방법에 대해 어떻게 해야 하는가를 이야기하고 생각을 하면서도 자신의 내면 세계를 결코 들어가 보려 하지 않는 것이 일반적인 경향입니다. "깨달음은 오랜 세월이 걸리는 일이니 하루쯤 미루지. 그래서 뒷방 도배 일을 끝내고 몇 달 동안 기다렸던 영화관에 가서 영화 구경하고 나서 내 승용차에서 지긋지긋하게 골탕을 먹였던 닉에게 연락을 해 봐야지."

그러나 그 하루가 너무나 긴 날이 되고, 이 생활이 더 이상 계속할 가치가 없어지는 날이 되며, 묵은 지난날의 습관에서 벗어나 완전히 새로운 것에 마음이 끌려 고무되는 때가 올 것입니다.

여기 이 소책자에 소개되는 내용은 훌륭하고 현명한 많은
도반들과 함께 한 이십 수년 동안의 불교 명상에서 얻은 나
의 경험을 소개한 것입니다.

명상을 하고자 하는 분은 누구나 할 수 있지만 마음의 미로
를 심리학적으로 탐색하려고 접근하려는 사람에게는 본서가
반드시 도움이 되지는 않을 것입니다. 독자 여러분에게 맞는
쪽을 택하십시오.

본서의 발행에 즈음하여 여러분과 기쁨을 함께 합니다. 바
라건대 방편에 지나지 않은 본서의 표현을 진리의 체현이 되
도록 하시기 바랍니다.

다이애나 St. 루드
샤아팜에서

차 례

들어가는 말 _5

 명상禪이란 무엇인가?

명상 방법

살아 있는 진리

명상이란 무엇인가?

What
is
Meditation
?

| 방법 |

알아차림은 전혀 방법이 아닌, 단도직입적인 '열린 눈'이며,
꿈에서 깨어나는 것과 같은 것입니다.

　이 세상에는 명상에 대해 여러 가지 방법을 가르치고 있지
만 부처님께서는 어떤 방법도 전혀 가르치지 않았다고 나는
믿고 있습니다.

　역사적 사실이 전부 증명하고 있는 한 분이 계셨습니다. 그
분은 사랑하는 아내와 아들을 떠나 왕자의 신분으로서 그의
왕국까지 버리고 남루한 옷에 빈손으로 유랑의 길을 떠났었
습니다.

　그 분이 바로 고타마 부처님인데 왕자였던 시절, 물질적 안

락과 가족, 그리고 성직자들을 등지고 심지어 유랑 중에 만난 성인들도 등졌는데, 그것은 이들이 지혜의 정점에 도달하지 못했다고 느꼈기 때문이었습니다. 품었던 의문이 너무나 깊고 현실적이었으며 강렬했기 때문에 어느 누구와도 함께하기를 거부했습니다. 홀로 앉아 오로지 단도직입적인 철저한 알아차림으로 진리에 대한 장벽이 제거될 때까지 자리를 지켰습니다.

부처님의 대화와 설법인 불경에 의하면 왕자가 취한 방식은 고요히 앉아 마음을 안정시켜 어떠한 경험에도 의존하지 않고 마음속 내면의 눈을 떠서 차례로 이어 나타났다가 사라지는 현상 그대로를 마음 챙김으로 알아차리는 것이었습니다.

수세기 동안 이 간명한 방식에 여러 가지 정교한 접근 방법 ─만트라Mantra 眞言, 공안公案, 불상과 탱화幀畵 등의 시각화, 경배, 염불 등등─이 나타났습니다. 이러한 형식과 의례와 의식, 그 외의 수단들은 훌륭하고 도움이 되는 수단이 아니며 진정하고 유효한 것도 아닙니다. 이런 방식들은 모든 사람들을 항상 직접적인 길로 이끌어 주는 것이 아니며 사람에

따라서는 변환 형식으로 검증되어 남은 여생 동안 이들을 고무시켜 다소간 얻는 것은 있을 것입니다.

핵심은 어떤 방식이든 여러분에게 도움이 되는 방식을 이용할 수 있다는 것입니다. 효과가 부정적이고 수행이 지겨워지기 시작하면 무언가 잘못된 것입니다. 수행과 가르침, 스승에게서 지겨움을 느끼지 않도록 해야 합니다.

단언하건데 불교는 결코 ~주의 또는 ~이즘을 의미하지 않습니다. 한 사람으로서의 이름을 가지고 성장하여, 의례와 도그마에서 벗어나고, 타인의 사견에서도 벗어나, 가족과 스승과 따르는 무리들의 속박과 자신의 마음속 번뇌의 속박에서도 벗어난 사람이 있었다는 사실을 아는 사람이 있다면 그는 오늘날 무어라고 말했을 것인지 궁금한 생각이 들 것입니다. 부처님은 사람들에게 인간의 내면을 스스로 성찰하도록 강조하였으며 비인위적인 것, 태어나지 않은 것, 만들어지지 않은 것, 문명과 강령을 초월하는 것, 자기 자신이나 타인의 가치 판단을 넘어서는 것에 의지하라고 힘써 강조했습니다.

부처님은 알아차림 외에 다른 방법은 전혀 쓰지 않았습니다. 알아차림은 전혀 방법이 아닌, 단도직입적인 '열린 눈' 이며, 꿈에서 깨어나는 것과 같은 것입니다. 이것이 전부이며 이외에는 아무것도 없습니다.

부처님은 알아차림 외에 다른 방법은 전혀 쓰지 않았습니다. 알아차림은 전혀 방법이 아닌, 단도직입적인 '열린 눈' 이며, 꿈에서 깨어나는 것과 같은 것입니다. 이것이 전부이며 이외에는 아무것도 없습니다.

│ 사유思惟를 초월하는 체험 │

몸이 자연스럽게 움직이는 동작 그대로 버려두십시오.
이것이 생각을 하지 않고, 사고를 초월하는 경험입니다.

　우리는 사물에 대해 생각하는 버릇이 있습니다. 이 버릇으로 인하여 실제로는 생각하는 사물 자체를 무시하고 있습니다. 상대방의 눈을 보며 상대방을 생각하고 있으나 실제로는 상대방을 보고 있지 않습니다. 우리는 대상에 대해 그것이 과거 우리에게 어떤 것이었으며 미래에는 어떤 것이 될 것인가를 생각합니다. 마음은 뒤엉킨 관념의 바다에 표류하면서 사람과 대상물을 안으로 받아들여 이를 기초로 하여 관찰합니다.

생각으로 가득 차서 세상을 살면 대상을 생각 이상으로 알아차리지 못합니다. 주의의 초점이 면전에 있는 것보다 마음속에 있는 것에 맞춰져 있기 때문에 대상이 분명하게 보이지 않습니다. 이때 형상은 때로는 일그러지고 색깔은 둔해집니다. 맛, 소리, 냄새, 느낌도 마찬가지입니다. 마음이 생각으로 바쁘게 움직이면 모두가 일그러지고 흐려집니다. 있는 그대로 보고 듣고 냄새 맡고 맛보고 촉감을 느껴야지, 보고 듣고 냄새 맡고 맛을 보고 접촉한 것에 대해 생각을 하면 대상을 깊이 경험할 수 없습니다.

　어떤 일이든 일 그 자체나 다른 어떤 것을 생각하지 말고 일을 하십시오. 그냥 그대로 있으라는 말입니다. 예를 들어, 한 켤레의 신발을 '신발'이라는 생각을 하지 말고 이에 초점을 맞춥니다. 신발이 주는 마음속의 이미지가 가져다주는 유혹을 지워 버리거나 마음속으로 신발이라는 말을 하지 않고 신발을 보고 그 자체를 알도록 하십시오. 신발을 신으면서 지금 무얼 하고 있다는 생각을 하지 않고 신발을 신으십시오. 그 과정, 몸동작에 머무십시오. 두뇌의 회전을 피하십시오. 몸이 자연스럽게 움직이는 동작 그대로 버려두십시오. 이것이 생각을 하지 않고, 사고를 초월하는 경험입니다. 이 과정은 아무것도 더해지지도 덜어지지도 않은, 일그러지지 않은 순수한 경험입니다.

끓는 물에 손을 넣으면 물이 뜨거운지 차가운지 생각할 필요가 없으며 말을 할 필요도 없습니다. "아이고, 손 뜨거워!" 몸을 통해 극심한 고통이 엄습하면 즉각 응답이 튀어나옵니다. 일반 사람들이 믿고 있는 것과는 달리 알아차림은 생각에서 나오지 않습니다. 그러므로 그것은 항상 자연스럽습니다.

생각의 도움 없이도 모든 상황은 그것이 무엇인지 즉각 알려 집니다. 사실 생각은 항상 마음을 혼란시킬 따름입니다. 그런데도 우리는 왜 자꾸만 그렇게 할까요? 그렇게 해야 한다고 믿고 있기 때문이며 그렇게 하는 것이 습관화되어 있기 때문입니다. 그러나 수행으로 좀 더 자연 그대로에 내맡길 수 있습니다. 명상이 하는 일은 이것입니다.

물론 생각은 생활의 일부이며 어떤 경우에는 대단히 중요합니다. 지혜로운 반성, 치밀한 계획, 심사숙고, 이런 생각들은 창조적 사고 형태로서 지금 이야기하고 있는 생각의 종류가 아니며 일상생활에서 가지는 생각의 유형이 아닙니다. 대부분의 사람들은 주위에서 일어난 일이나 일어날 일에 대해 근심에 휘말려 일상생활을 하는 것 같습니다. 그 중에는 때로는 특정한 생각의 틀에 매달리고 얽매어져 있어 정력과 능력을 과도하게 소모하여 이로 인해 근력이 소진되고 하는 일마다 그늘이 드리워지게 됩니다.

월요일 아침, 나는 붐비는 베이커 도로를 운전해 가고 있었으나 내 정신의 일부는 완전히 다른 데 팔려 있었습니다. 다음날 인도로 떠나는 친구 생각에 사로잡혀 나도 인도로 가야 되겠다고 생각하고 있었습니다. 사무실에 들어갈 때 책상 옆에 서서 인사하려는 경비원을 무시하고 급히 들어가면서도 내 마음은 인도 생각에 사로잡혀 있었습니다. 전화로 통화를 하고 있었으나 인도에 대한 갈망에 휘말려 통화 내용에 집중하지 못하고 있었습니다.

나는 한 생각에 사로잡혀 있었지만 주의를 하지 않았더라면 그 한 생각이 내 정신을 온통 사로잡아 현재의 나의 처지보다 더 열악한 처지로 만들어 나의 인생을 망쳤을 것입니다. 운전, 경비원, 사무실, 전화 통화의 상대방, 모두가 완전히 흐릿하여 맥이 빠져 있었습니다. 이것은 내가 생각의 그 늘진 영역에 빠져 어떻게 현실을 도외시했던가를 설명하고 있습니다. 비록 그 당시 나의 현실이 아주 궁색했더라도 인도행 생각은 별것 아닌, 대체 위안물이었던 것이었습니다.

지나가는 생각은 자연스럽게 일어나기 마련이며 이것이 때로는 영감을 가져오기도 합니다. 그러나 지나가는 생각에 빠져 이에 엉겨 붙고 뒹굴면서 사로잡혀 있으면 이것은 기대, 두려움, 의심, 근심, 견해, 주장에 연결됩니다.

이런 생각 과정에서 '자아'라는 삿된 견해가 일어나고 본래 이름이 없는 참된 자아를 말살하게 됩니다. 두려움, 근심, 걱정 등 이 모두가 너무 많이 생각하기 때문에 일어나는 결과입니다. 경험 그 자체는 경험에 대한 생각과 분리되어 있고 생각을 초월합니다.

선불교禪佛敎에서는 "차나 한 잔 마시게."라고 합니다. 이

처럼 차나 한 잔 드십시오. 차 마신다는 생각을 하지 말고 그냥 드십시오. 맛보고, 느끼고, 즐기십시오. 이것이 생각을 초월하는 체험입니다. 얼마나 멋지고 자유롭습니까!

생각으로 가득 차서 세상을 살면 대상을 생각 이상으로 알아차리지 못합니다. 주의의 초점이 면전에 있는 것보다 마음속에 있는 것에 맞춰져 있기 때문에 대상이 분명하게 보이지 않습니다. 이때 형상은 때로는 일그러지고 색깔은 둔해집니다.

| 명상 수련? |

수련 과정으로 명상하는 것은 반드시 틀에 갇혀 버리고 말 것이며
이 과정에서 큰 욕심을 내는 것은 깨달음을 막아 버립니다.

명상 수련을 위한 과정課程은 때에 따라 가치 있는 것이기는 하나 불교 명상이 선정력을 강화하고 정신적 목표에 도달하는 하나의 과정으로 후퇴한다면 핵심을 완전히 잃는 것이 될 것입니다. 물론 가부좌로 좌정하여 한 시간 동안 부동자세로 수행할 수 있으며 그렇게 함으로써 선정력이 정말 강화되기는 하겠으나 그렇다고 내면의 눈은 뜨이지 않습니다.

수련에 숙달되어 부처님처럼 우아한 자세로 앉아 있으면 주위 사람들에게 감동을 줄 것입니다. 아마 그렇겠지요! 주위

사람들이 감동하지 않으면 자기 스스로라도 감동하겠지요. 그는 부동의 수행자로서 단 한 차례의 수련 기간도 놓치지 않았습니다. 그래서 10년, 20년을 보냈으나 그가 이룬 것은 무엇일까요? 우아한 자세, 근엄한 외모, 집념, 강한 자부심, 그러나 아마도 그 속에는 숨겨진 많은 근심도 있을 것입니다. 무언가 어긋나고 있다는 것, 사실은 아무것도 이룬 것이 없다는 것을 그의 내면 깊은 곳에서는 알고 있을 테니까요. 이 깊은 두려움을 인지하고 있다는 것 그 자체가 자아 관념과 그에 따른 야망에서 풀려나게 하는 일종의 해탈을 이루게 하는 통찰 경험이지만 그는 아직도 이것을 모르고 있습니다.

해탈, 반야, 지복至福. 이것은 아무나 가질 수 있는 것이 아닙니다. 이것은 정신적인 강한 추진력과 드러나지 않은 자부심을 가지고 우아한 자세로 등을 곧추세운 근엄한 젊은 남녀에 대한 보상이 아닙니다. 수련 과정으로 명상하는 것은 반드시 틀에 갇혀 버리고 말 것이며 이 과정에서 큰 욕심을 내는 것은 깨달음을 막아 버립니다. 상상의 목표를 향한 것이니까요. 시작하려면 물론 틀이 있어야 하고 시간표와 수련

과정도 물론 있어야 합니다만 이런 것들을 잘못 이용하는 일이 없어야 합니다. 몇 년 후, 혹은 내생에서 완전한 깨달음을 보장받는 등급 인가증으로 여겨 좌선 시간을 계산하는 일도 없어야 합니다.

명상 동기가 지금 이 시간의 실재를 알아차리는 일이 되지 않으면 일종의 잠에 빠져 드는 일이 되거나 부정적인 정신 상태를 가져오는 일 외에 다름아닌 것이 될 우려가 있습니다.

명상 동기가 지금 이 시간의 실재를 알아차리는 일이 되지 않으면 일종의 잠에 빠져 드는 일이 되거나 부정적인 정신 상태를 가져오는 일 외에 다름아닌 것이 될 우려가 있습니다.

| 구루Guru* |

진실한 스승은 우리의 내부 한 가운데 있어 우리의 내부와 외부를 동시에 지적해 줍니다.

　부처님은 "각자가 스스로 보라."고 했습니다. 나는 이 말씀
이 부처님께서 가까운 어느 분에게 친근하고 자비 어린 마음
으로 하신 깊은 충고로 믿고 있습니다. 이 충고는 부처님은
모든 사람에게 진실한 스승이며 진실한 정신적 인도자임을
나타내 보이고 있습니다. 스스로 명상하여 깨달은 부처님이
되고 나서 다른 사람들도 같은 방법으로 스스로 깨달아 부처

---

* 구루Guru: (힌두교) 종교상의 스승. 교부敎父. 지도자.

가 되기를 바랐던 것입니다. 이것이 부처님의 목적이며 다른 뜻은 없습니다.

이 세상에는 오늘날 소위 영적 지도자인 구루들이 많이 있어 추종자들의 질문을 막은 채 순종과 노예 같은 행동을 하도록 시도 하고 있으며 온갖 방법으로 추종자들을 자칭 지혜로운 영적 안내자인 그에게 복종시키려 하고 있습니다. 사람들이 이러한 지도자에게 달라붙어 그를 우상화하려 든다면 이는 그 지도자의 잘못이 아니지만 이런 지도자가 우상화 놀음을 부추기더라도 별로 수상쩍은 일이 아님은 말할 필요가 없습니다.

지혜롭고 자비심 있는 사람들은 자기 자신들을 우월한 존재로 여기거나 하열한 존재들보다 다소 다르다고 여기고 있지 않은지, 추종자들에게 다른 무엇을 바라기보다 추종자들이 그들의 마음속에 있는 속박에서 완전히 풀려나기를 더 바라는가도 의문입니다. 그러므로 구루를 만났을 때 그가 아무리 훌륭하고 어디에 있든 그의 진실성을 확인하는 것은 여러분의 몫입니다. 그의 지혜와 자비의 활성화 심도를 여러분은 느낄 수 있습니까? 그가 과연 진정으로 타인의 행복에 관심을 보이는 것 같은가요, 아니면 그가 관심을 가지고 있는 것은 오로지 자기 자신의 행복과 그 증진뿐입니까?

우리 주위에는 권력과 타인으로부터의 숭배를 갈구하는 위선적인 사람들과 헛된 꿈을 가진 사람들이 많이 있습니다. 이런 사람들은 남에게 무언가 가르칠 것을 가지고 있을지는 모르지만 자기 자신들도 스스로 알지 못하고 있는 많은 심리적 문제들을 안고 있습니다.

우리는 구루가 참 구루인지 평가해야 합니다. 이 평가는 구루에 대해 저항할 여력과 이 여력의 조절 능력이 있는 동안, 그리고 비합리적인 장애물이 남아 있음을 스스로 알고 있는 동안 하여야 합니다. 장애물은 구루에 말려들 재앙이나 대지혜의 근원으로부터 차단되는 것을 말합니다. 이것은 진퇴양난의 일이겠지요. 참 구루인가, 정말 지혜로운 자인가, 시늉에 지나지 않은 자인가?

말과 행동이 모두 행하여진 후에야 '나' 라는 것은 실재를 차단하는 망상이라는 것을 알고 주의를 하여 이를 알아내야 합니다. '나', 이 가상의 '나에게' 라는 관념은 모든 괴로움의 원인입니다. 우리는 스스로 가진 밝은 광명 속에 있으나 은폐되기도 합니다. 진실한 스승은 우리의 내부 한 가운데 있어 우리의 내부와 외부를 동시에 지적해 줍니다.

이러한 사실을 도외시 하여 스승과 가르침을 택한다면 진리를 그냥 피해버리는 것이며 우리의 일련의 무익한 견해와 의견을 교환하는 것입니다.

구루의 우상화, 특정인에 대한 집착, 일상생활에서 책임의 타인 전가, 스스로 결정할 수 없을 정도의 타인에의 의지 등은 자유가 아닌 속박입니다.

지혜롭고 연민의 마음을 가진 사람들을 만나기를 바란다면 그들을 찾아다니지 않더라도 자연히 만나게 될 것입니다. 개인적인 구루나 스승을 가지는 것이 중요한 게 아닌데도 대부분의 사람들은 그렇게 하고 있습니다. 인생은 우리에게 항상 무언가를 가르쳐 주고 있으므로 실제로 만나는 사람과 사물, 모두가 구루입니다. 이 우주는 거대한 몸체로 그 실상을 내밀고 있습니다. 우리가 해야 할 일은 그것을 오는 그대로 받아들이는 것뿐입니다. 구루는 항상 이 자리에 있습니다.

자기의 인생에 대한 책임을 누군가에게 전가하는 것은
그에게 노예가 되는 것이다.

구루의 우상화, 특정인에 대한 집착, 일상생활에서 책임의 타인 전가, 스스로 결정할
수 없을 정도의 타인에의 의지 등은 자유가 아닌 속박입니다.

| 명상의 목적 |

명상의 모든 것은 마음의 거울을 들여다보는 일입니다.

관념과 개념은 마음에 허구의 실재를 만들어 살아있는 진실을 막아 버리고 무지를 키웁니다. 무지의 성격은 무지 자체를 알지 못하고 있다는 것은 물론이지만 그렇지 않다면 무지하지 않을 것입니다. 무지는 이를 드러내 보여야 할 것이 필요한데 이것이 명상이 필요한 이유라고 할 수 있습니다.

명상은 무지를 치료하는 훌륭한 교정제입니다. 명상은 우리 자신을 분명하게 보도록 하여 마치 맑고 커다란 거울 앞에 선 듯하게 합니다. 숨겨진 것 모두를 드러나게 합니다.

명상은 맑고 큰 거울 앞에 선 것처럼
우리 자신을 있는 그대로 분명하게 보도록 한다.

아무리 숙고하고 토론하고 이론을 세워도 진리는 찾을 수 없습니다. 개념으로 시작하면 개념으로 끝납니다. 개념은 진리가 아니라 상상의 화면에 비춰진 지력의 모형입니다. 진리를 개념으로 옮길 수 없다는 말이 아니라 진리가 있는 그대로 마음속에 나타나기 전까지는 개념화할 생각을 완전히 버려야 한다는 것입니다.

그러므로 명상의 모든 것은 마음의 거울을 들여다보는 일입니다.

명상은 무지를 치료하는 훌륭한 교정제입니다. 명상은 우리 자신을 분명하게 보도록 하여 마치 맑고 커다란 거울 앞에 선 듯하게 합니다. 숨겨진 것 모두를 드러나게 합니다.

명상 방법

How
to
Meditate

| 알아차림 |

알아차림은 나타난 대상에서 얻는 모든 경험과 느낌에 머물기 위한
노력을 쏟아 붓는 일입니다.

몸과 정신 과정의 움직임을 총명하게, 그리고 열린 마음으
로 살피면 생명의 신비를 곧 알아차릴 수 있습니다.

의식의 범위 내에 있지 않은 것에 관심을 두지 말고 앞에
있는 사물을 단순하게 직접 인지하면서 있는 그대로 분명히
살피는 것은 가장 쉬우면서도 가장 어려운 일입니다. 인지
대상을 자연 그대로 내맡겨 두는 일 외에 달리 할 일이 없으
므로 쉬우며, 대상을 그대로 내맡기지 않고 우리는 간섭하려
는 것이 습관화되어 있기에 어려운 것입니다.

생각에 몰입되지 않고 그냥 행위만 할 수 있다면! 순간순간 나타나는 것에 깨어 있음으로써 해탈되며 심오한 우리 인생의 한 면을 발견하게 됩니다. 우리 생명 존재의 이 행복한 상태에는 무한한 자비와 지혜가 잠복해 있습니다. 생각이 어떤 것에도 붙들어 매이지 않고 흐르는 물처럼—흘러가고 흘러오고, 흘러가고 흘러오고—그대로 맡겨 놓으면 몸도, 생각의 자연적인 흐름도, 겉모습으로 나타난 이 세상도, 모두가 향기로워집니다.

앉을 때 온전히 앉아, 앉아 있는 몸을 느끼십시오. 걸을 때 그 움직임을 알아차리십시오. 서 있을 때도, 누워 있을 때도 마찬가지입니다. 몸을 살펴 몸임을 느끼십시오. 몸의 모든 느낌—눌림, 더위, 추위, 가려움, 저림, 쑤심, 아픔—을 느끼십시오.

예를 들어 식사를 할 때, 음식 냄새와 모양과 혀에 닿는 촉감에 주의를 모으십시오. 그 음식에 대한 이끌림, 무덤덤함, 싫음이 나타날 때 이를 알아차리십시오. 느낌이 나타날 때 이 느낌을 알아차리십시오. 그릇이 접시에 부딪칠 때 그 소리를 알아차리고 음식이 입에 들어갈 때 그것을 느끼고 맛을 완전히 알아차리십시오.

몸이 스스로 느끼도록 하십시오. 이것이 몸에서 해방되는 길입니다. 역설이라고요! 몸과 완전히 함께 하는 것은 몸에서 완전히 풀려나는 것입니다. 이 세계와 마음도 역시 그러합니다. 일상생활에서나 가부좌 명상에서나 알아차림은 이를 실현시킵니다.

알아차림을 실천하는 것은 다른 의미로는 주의를 모으는 일입니다. 주의를 모으는 것을 잊지 말아야 합니다. 씻고, 옷을 입고, 보고, 말하고, 느끼고, 알고, 듣고, 먹고, 맛보고, 만지고—일상생활에서 이렇게 생활하며 이로써 얻는 즐겁고 아름다운 순간조차 잊어버리기가 아주 쉽습니다. 우리는 하는 일에 대해 무엇을 하는지 살피지 못하고 이와는 분리된 생각의 세계, 사고의 세계에 빠져 드는 경향이 있습니다. 그래서 그것이 무엇이든 그 경험의 깊이를 놓치고 맙니다.

알아차림은 나타난 대상에서 얻는 모든 경험과 느낌에 머물기 위한 노력을 쏟아 붓는 일입니다. 이렇게 함으로써 마음의 작용을 점차 살피게 됩니다. 예를 들어, 어떠한 행위도 그 밑바닥에는 행위의 의도가 깔려 있다는 것을 알게 되어 조금은 놀랄 것입니다. 발을 옮기기 전에 걸으려는 의도가 있고, 말을 하기 전에 말하려는 의도가 있으며, 일을 하기 전에 일하려는 의도가 있으며, 화를 내기 전에 화를 내려는 의도가 있습니다. 마음이 결정하면 몸은 이를 실행합니다. 즉 몸은 마음을 투영시키기 위해 응답합니다.

움직일 때 속도를 조금 늦추어 마음이 움직이는 것을 살피십시오. 그것을 속으로 뇌어 알아차리고 동작을 다음과 같이 뇌십시오.

일어서려는 의도와 일어섬, 걸으려는 의도와 걸음걸이, 팔을 들어올리려는 의도와 팔을 올림 등등

마음속의 의도를 살피는 것이 습관화되면 이러한 의도를 바꾸는 기회가 옵니다. 화를 내기 전 화를 내려는 의도를 알면 반드시 화를 내지 않아도 되게 됩니다. 화날 일을 그대로 지나

발자국을 옮기기 전에
먼저 걸으려는 의도가 있습니다.

가게 내버려두면 화날 일은 지나가서 화를 내는 결과가 맺혀지지 않습니다. 물론 그대로 내버려두지 못할지도 모르나 그것은 선택의 문제입니다. 최소한 선택의 기회는 있으며 화를 잘 내는 성격과 화를 내게 할 조건의 희생이 되지 않을 것을 아는 기회는 가질 수 있습니다. 원하면 바꿀 수 있습니다.

행동에 주의를 기울여 이를 뇌는 것은 정상적인 일상의 활동을 단순히 알아차리는 것이지만 정확하게 하여야 합니다. 뇌는 것은 조용히, 마음속으로, 말소리가 나지 않도록 해야 합니다.

마찬가지로 감정도 그것이 어떤 것인지 알아차릴 수 있습니다.—근심, 혼란, 즐거움, 슬픔, 희망, 두려움 등등—지금 여러분의 감정은 어떻습니까? 즐겁습니까? 슬픕니까? 즐겁지도, 슬프지도 않다고요? 알아차려 혼자 뇌십시오. 가능한 한 하루 종일 몸의 상태와 마음의 상태를 알아차리십시오.

시샘, 미움, 흥분, 큰 기쁨, 분노, 비탄, 절망. 이 중에 하나가 나타날 때 이에 대해 어떻게 하려 들지 말고 그 느낌을 예리하게 확인하십시오. 느낌과 감정은 살아 있으려 들겠지만 그대로 두십시오. 그 다음에는 사라지려 할 것입니다. 역시 그대로 두십시오. 그들에게 자리를 주어 관심을 주되 활동하지 않게 하십시오. 이것은 그냥 알아차림으로써 될 수 있으며 복잡한 과정이 아닙니다. 새로이 나타나려는 새로운 순간에 대해 가능한 한 마음을 열어 놓아야 합니다.

생각과 감정은 강하게 달라붙는 경향이 있으며 매력적이라고 할 무엇이 있습니다. 괴로운 것까지도 그렇습니다. 그러나 알아차림 역시 무언가 가져다주는 강한 것이 있어 생각과 느낌을 그대로 버려두는 것이 큰 손실이 아닙니다. 태어나지 않은, 본래의 것이 여러분 안에 거리낌 없이 나타납니다.

알아차림을 실천하는 것은 다른 의미로는 주의를 모으는 일입니다. 주의를 모으는 것을 잊지 말아야 합니다. 알아차림은 나타난 대상에서 얻는 모든 경험과 느낌에 머물기 위한 노력을 쏟아 붓는 일입니다. 이렇게 함으로써 마음의 작용을 점차 살피게 됩니다.

일상생활 속의 알아차림

알아차림을 잊지 않는 노력

- 행동, 의도, 감정 상태, 정신적·육체적 반응 등을 알아차림
- 알아차림을 잊지 않도록 노력을 함
- 몸이 스스로 알아차리게 함
- 사물을 그대로 둠―스치는 생각, 의견, 정서적 상태 등

| 명상 장소 |

당신은 흥미 있는 여행을 떠나려 하고 있으며
다른 사람들이 잘못된 일이라고 말해도 속으려 들지 않습니다.

　방해를 전혀 받지 않을 조용한 장소—방이나, 가능하면 집의 구석진 곳—를 정합니다. 가족이나 함께 사는 사람에게 "지금부터 내가 방해를 받지 말아야 할 시간이니 물을 것이 있거나 전화, 전갈, 기타 잡다한 이야기는 내가 끝날 때까지 기다려 달라."고 아주 분명하게 말해 둡니다. 아주 분명하고 확고해야 합니다. 그렇지 않으면 앉아서 문이 열리거나 부르는 소리가 들리지 않을까 하여 명상이 긴장되고 불안해집니다.

방해받지 말아야 할 시간입니다.

가족이 당신이 이상해졌다고 생각해도 좋습니다. 그들의 최악의 두려움을 확인하십시오. 그렇습니다. 당신은 그들에게는 이상해졌지만 당신은 그것에 대해 아주 흡족합니다. 당신은 흥미 있는 여행을 떠나려 하고 있으며 다른 사람들이 잘못된 일이라고 말해도 속으려 들지 않습니다. 그리고 혼자 갖는 시간에 대해 미안하게 생각하지 마십시오. 사람들이 부러워하는, 혼자 보내는 야릇한 시간을 시샘하는 것이 오히려 재미있지 않습니까. 이기적이고 남에 대한 배려에 무관심하며 현실에서 도피하려 한다는 비난을 받을 수도 있을 것입니다. 그렇다고 포기하지 마십시오.

이제 당신은 조용한 방에 있고 문은 닫혀 있습니다. 함께 명상할 사람이 있거나 여러 사람과 함께 명상하기를 바란다면 물론 혼자 있을 필요는 없습니다. 단체 명상은 바람직하고 권장할 만하며 소수의 사람들이 함께 하는 실내라면 분위기도 무르익을 것입니다.

이제 명상 장소는 정해졌습니다. 자세는 몇 가지 있으므로 자신에게 알맞은 자세를 찾아 실험해 보십시오.

| 결가부좌 結跏趺坐 |

전통적인 결가부좌 자세는 인내와 노력이 없으면 성인에게는 무척 힘들지만
이 자세는 고정되고 균형이 유지되며 편하므로 이상적인 자세입니다

전통적인 결가부좌 자세는 인내와 노력이 없으면 성인에게는 무척 힘들지만 이 자세는 고정되고 균형이 유지되며 편하므로 이상적인 자세입니다. 그러나 억지로 이 자세를 취하지 마십시오.

방석 위에 양다리를 앞으로 뻗어 앉으십시오. 이때 방석의 높이를 알맞게 조절해야 할 것입니다. 좌우 양쪽 어느 다리든, 예를 들어 오른 다리의 뒤꿈치를 양다리 사이 가능한 한 깊은 곳까지 끌어 당겨 놓습니다. 오른쪽 무릎은 밑바닥에

닿도록 하고 왼쪽 다리를 들어 발바닥이 위로 향하게 하여 오른 다리 허벅지 위에 놓고 발을 오른쪽 서혜부에 밀어 놓습니다. 이때 왼쪽 무릎을 밑바닥에 걸쳐 놓습니다. 다음에 오른발을 왼 다리 밑에서 끌어내고 왼쪽 무릎은 밑바닥에 내려놓습니다. 오른발을 왼쪽 허벅지 위로 들어올려 왼 다리를 서혜부에 밀어 놓았듯이 왼쪽 서혜부 가까이 밀어 놓고 무릎을 밑바닥에 편하게 놓습니다.

양다리의 위치를 이따금 바꾸는 것이 이상적입니다. 2~3분마다 위에 설명한 반대 절차에 따라 다리를 꼬는 자세를 바꾸되 매 명상 때마다 바꿀 수도 있습니다. 이렇게 하면 몸의 균형을 유지할 수 있습니다.

반가부좌 半跏趺坐

반가부좌도 결가부좌처럼 훌륭하나 대부분의 사람들에게 결가부좌처럼 취하기가 어려울 것입니다.

반가부좌도 결가부좌처럼 훌륭하나 대부분의 사람들에게 결가부좌처럼 취하기가 어려울 것입니다.

적당한 높이의 방석 위에 앉아 양다리를 앞으로 뻗습니다. 한 발을 앞으로 당겨 뒤꿈치를 가능한 한 몸 쪽으로 가까이 가져오고 무릎은 밑바닥에 놓습니다. 다른 쪽 발을 들어 구부린 다리의 허벅지 위에 올립니다. 이때 무릎은 밑바닥에 닿도록 합니다. 결가부좌처럼 적당한 시간에 맞춰 양다리를 바꾸어 놓을 수 있습니다.

| 간편한 다리 맞대기 자세 |

마지막으로 적어도 본서에서 제시하는 다리 맞대기 자세로서
대부분의 사람들이 큰 어려움 없이 할 수 있는 간단한 변형이 있습니다

마지막으로 적어도 본서에서 제시하는 다리 맞대기 자세
로서 대부분의 사람들이 큰 어려움 없이 할 수 있는 간단한
변형이 있습니다.

방석 위에 앉아 한쪽 발을 들어 뒤꿈치를 샅 한가운데 안쪽
에 끌어 놓습니다. 다른 발을 당겨 가능한 한 먼저 발의 가까

이에 놓아 두 발이 닿도록 하여 두 발이 몸의 한 중간에 있도
록 하고 두 무릎은 바닥에 닿아야 합니다.

적당한 시간이 지나서 두 발을 서로 바꾸어 앞쪽의 발을 안
쪽으로 바꾸어 넣습니다.

무릎 꿇은 자세

이 자세는 방석에 앉아 할 수 있는데
특별히 고안된 등받이 없는 경사진 의자를 방석 대용으로 쓸 수 있습니다.

다리 맞대기 앉은 자세가 맞지 않은 분은 꿇어앉는 자세도 상관없습니다. 이 자세는 방석에 앉아 할 수 있는데 특별히 고안된 등받이 없는 경사진 의자를 방석 대용으로 쓸 수도 있습니다.

| 의자에 앉은 자세 |

수직 등받이 식탁을 이용하되 몸이 기울지 않도록 등받이에서 떨어져 앉습니다.

대부분의 사람들에게 가장 편한 앉은 자세는 그냥 의자에 앉은 자세입니다. 수직 등받이 식탁을 이용하되 몸이 기울지 않도록 등받이에서 떨어져 앉습니다. 양 발이 무릎 바로 아래 있지 않도록 의자 밑으로 조금 당겨 넣으면 발은 든든한 받침이 될 것입니다.

의자가 높으면 발 밑에 방석을 놓으십시오. 이렇게 하면 의자 앞쪽 가장자리가 허벅지 안쪽으로 미끄러져 들어가지 않을 것입니다.

| 그 외의 자세 |

중요한 것은 명상이므로 결과적으로 어느 자세든 그것은 부차적인 것입니다.

마지막으로 이상의 자세가 맞지 않으면 그냥 자신에게 맞는 자세를 취하십시오. 그것은 아마 등을 바닥에 편편하게 붙여 누운 자세일 것입니다. 중요한 것은 명상이므로 결과적으로 어느 자세든 그것은 부차적인 것입니다.

적합한 자세를 찾기 위해 여러 가지 자세를 시도해 보겠지만 20분을 견디는 데 크게 어려움이 없는 자세여야 합니다. 물론 어느 때는 다른 자세를 시도하여 그 자세에 적응해 보려 할 수 있지만 그 자세로 한동안 대충 넘어가는 일이 없어야 합니다.

| 등뼈의 자세 |

어느 자세를 취하든지 등뼈는 가능한 한 최대한 곧추세워야 합니다.

어느 자세를 취하든지 등뼈는 가능한 한 최대한 곧추세워야 합니다. 그러면 몸의 자세는 완전히 균형이 유지되고 등이 구부러짐을 피할 수 있습니다. 이 자세는 오랜 시간을 수월하게 유지할 수 있습니다.

본인이 등을 곧추세웠다고 느껴도 그렇지 않을 수 있으므로 자세, 특히 몸과 등의 자세를 바로 잡아 줄 누군가가 곁에 있으면 좋겠지요.

머리 뒷부분은 목의 뒤쪽과 수직을 이루어야 하므로 고개가 앞으로 약간 숙여질 것입니다.

어느 자세를 하고 앉아서 좌·우로 한두번 움직여 중심을 잡고 곧게 선 허리를 앞뒤로 한두번 움직여 자세를 바로 잡습니다. 그런 다음 목을 앞으로 약간 숙이는 듯 하다 보면 목뼈가 바르게 서지는 것을 느낄 수 있습니다.

| 두 눈 |

눈을 완전히 뜨고 있을 경우에는 한 발자국 앞의 바닥에 시선을 두되 보이는 곳에 초점을 맞추어서는 안 됩니다.

눈은 완전히 감을 수 있습니다.

반쯤 뜰 수도 있는데, 그럴 때는 눈꺼풀에 힘을 주지 말고
이완시켜야 합니다.

눈을 완전히 뜨고 있을 경우에는 한 발자국 앞의 바닥에 시
선을 두되 보이는 곳에 초점을 맞추어서는 안 됩니다.

| 손 자세 |

양손을 허벅지 안에 살포시 올려놓되 양 손바닥을 위로 하여 포개어 놓습니다.

양손을 허벅지 안에 살포시 올려놓되 양 손바닥을 위로 하여 포개어 놓습니다.

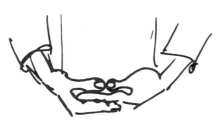

| 명상 시간 |

앉아 있는 것이 인내의 시험이 되면 앉아 있는 보람을 잃고 시간을 허비하는 것이 되며 더욱 나쁜 것은 명상을 전혀 도외시해버리는 결과가 되는 것입니다.

　한 번의 명상에 어느 정도의 시간을 할당할 것인가를 미리 정해 두는 것이 중요합니다. 그렇지 않으면 "이제 그만 할까?" 하고 이에 대해 내내 생각하며 헤매이게 됩니다.

　처음에는 10분이면 충분할 것이며 며칠, 혹은 몇 주가 지나면 15분, 혹은 20분으로 늘릴 수 있습니다.

　규칙적인 명상을 몇 주간 하고 난 후 30분으로 정하는 것이 아마 더 적당할 것입니다. 그 이후 40분, 혹은 60분도 할 수 있겠지요. 숙련된 사람은 60분 이상은 하지 않는 경향이 있습니다. 어느 정도의 시간으로 할 것인가는 스스로 결정하십시오.

앉아 있는 시간의 길이가 명상의 진전 정도를 나타내는 것이 아닙니다. 중요한 것은 명상의 질입니다. 그러므로 앉아 있는 것이 인내의 시험이 되면 앉아 있는 보람을 잃고 시간을 허비하는 것이 되며 더욱 나쁜 것은 명상을 전혀 도외시해 버리는 결과가 되는 것입니다. 한 시간을 끌어 겉치레하느니 짧은 시간이지만 치열하게 하는 것이 낫습니다.

명상을 마칠 시간을 알 필요가 물론 있겠지요. 전통적인 방법은 향을 태워 다 탈 때까지 앉아 있는 방법입니다. 대부분의 사람들이 이 방법을 쓰고 있습니다만 좋다면 이 방법을 쓰십시오. 그러나 다 타는 데 어느 정도의 시간이 걸리며, 어느 향을 쓸 것인가는 미리 정해 둘 필요가 있습니다. 대안으로써 '째깍째깍 소리'가 나지 않는 알람 시계나 알람 손목시계를 이용할 수도 있습니다. 마지막으로 수시로 시계를 그냥 흘깃 보는 방법도 있으나 이것은 다소 주의가 산만하게 될 수 있습니다.

| 명상하기 좋은 때 |

명상이란 형식적으로 혼자 고요한 방에 앉아 있는 것 이상의 일입니다.

하루 중 명상하기 좋은 때는 언제일까요? 아침에 일어나서 제일 처음 해야 한다는 사람이 있고, 잠들기 전 마지막으로 해야 한다는 사람도 있습니다. 자신이 스스로 정할 일입니다. 결정할 요인은 자신의 마음에 달린 게 아니라 바쁜 스케줄이나 바쁜 가정 생활에 달렸겠지요. 그러므로 가장 좋은 시간대는 모두가 외출하고 없는 정오와 저녁 사이나, 모두가 잠들고 있는 새벽 공기가 맑은 때, 혹은 아이들이 잠들어 조용한 밤 열 시쯤이 좋을 것입니다.

하루에 한 번 이상 앉아 있을 수도 있습니다. 사회 활동 일선에서 물러난 사람들은 대부분 하루에 두 번, 혹은 여러 번 하는 사람도 있습니다. 한차례에 10분이면 충분할 것입니다. 그리고 일주일에 하루는 거르는 것이 좋은데 그렇지 않으면 구속감을 느낄 것입니다.

명상 시간대를 일정하게 정해 두어야 하며 그렇게 해야 이에 대해 더 이상 생각할 필요가 없어집니다. 그러나 그 시간에 대해 지나치게 속박되지 말아야 합니다. 어떤 특별한 사정이 생겨도 단 하루도 명상으로 앉아 있지 못하고는 배기지 못하는 사람들을 본적이 있습니다. 다른 사람에게 중대한 영향을 미치는 일, 연기시킬 수 없는 일이 있음에도 불구하고 명상을 최우선시 하는 사람들이지요.

명상은 언제든지 좀 미루거나 다음날로 미룰 수 있으며 그렇다고 잃어버릴 것은 아무것도 없습니다. 앉아서 명상하는 것이 그저 시간 메우기 외에 이루는 것이 없다면 유감스럽게도 일이 잘못되어 가고 있는 것이 틀림없습니다. 명상이란 형식적으로 혼자 고요한 방에 앉아 있는 것 이상의 일입니다. 그것은 특정 시각 자기의 마음 상태를 살피는 일이며 간단없이 저절로 일어나는 생의 한 순간을 알아차리는 일입니다. 특별한 방법으로 좌정해 있는 것은 유별난 목적을 위한 한 형식이며 자세가 바르면 효과가 아주 뛰어나지만 명상의 질을 무시하고 시간과 자세에 사로잡혀 있으면 명상이 실제로 이루어지고 있는지 의문입니다.

　그러나 명상 조건을 구비하고 일상에서 명상 장소를 확보하지 못하면 명상이 분명히 이루어지지 않는 것은 의심의 여지가 없습니다. 그래서 마음은 어느 때는 이를 스스로 직시하지 못하고 이에 대한 구실을 만들어 낼 것입니다. 마음속에 무엇이 진행되고 있는지 예리하게 살펴 관념의 노예가 되지 않도록 하는 한편, 자세에 엄격하게 달라붙어 무심코 몸동작을 살피는 일이 없어야 합니다.

명상 시간대를 일정하게 정해 두어야 하며 그렇게 해야 이에 대해 더 이상 생각할 필요가 없어집니다. 그러나 그 시간에 대해 지나치게 속박되지 말아야 합니다.

집중, 혹은 삼매三昧

상상, 방황, 근심, 계획 등 잡념이 일고 있지 않은가요? 이제 집중하려고 시도해야 합니다.

이제 명상하기 알맞은 장소가 마련되었고 적합한 명상 자세도 찾았습니다. 등은 곧추세워졌고 눈은 감거나 반쯤 감았습니다. 양손은 느슨하게 포개어져 손바닥이 위로 향한 채 허벅지 안에 놓여져 있습니다.

물리적인 부분은 이제 모두 구비되었습니다. 그러나 마음 속에는 무엇이 일어나고 있을까요? 고요하고 평화롭습니까? 기대에 잔뜩 차 있을까요? 상상, 방황, 근심, 계획 등 잡념이 일고 있지 않은가요? 이제 집중하려고 시도해야 합니다.

수식관 數息觀

호흡의 리듬에 맞춰 수를 세고 있는 동안, 잠깐 동안이지만, 마음은 고요하고 명료해집니다. 잠시 동안의 이 명료함만으로도 집중의 가치를 알기에 충분할 것입니다.

숨을 들이쉬고 조용히 '하나' 하고 뇌이며 셉니다. 숨을 내쉬고 다시 '하나' 하고 뇌이며 셉니다. 들숨과 날숨을 완전히 한번 세었습니다. 다음 들숨에 '둘', 날숨에 '둘' 하고 뇌어 셉니다. 열 차례의 완전한 들숨과 날숨을 계속 셉니다. 그런 후 다시 '하나' 에서 시작합니다. 열 번의 호흡을 할 동안 집중을 완전히 유지하는 데 어느 정도 어려움이 있을 것입니다. 아마 마음은 헤매이게 될 겁니다. 그렇지 않다면 참 놀라운 일입니다.

그러므로 마음이 만약 헤매고 그리고 헤매일 때 세는 것을 잊어버렸다면 다시 '하나' 에서 시작합니다. 세는 것이 기계적으로 반복된다면 다시 '하나' 로 되돌아갑니다. 무심코 '열' 을 넘어 셀 가능성도 있음을 알게 될 것입니다. 이것은 집중에서 많이 벗어난 것을 말해 주고 있습니다. 다시 시작하고 다시 시작해야 합니다. 집중이 되지 않으면 '둘' 을 세는 것도 어렵다는 것을 알게 될 것입니다. 그러나 문제될 것 없습니다. '열' 까지 도달하는 것이 훈련의 목적이 아닙니다. 그렇게 하려는 '시도' 가 목적입니다. 이 노력으로 많은 것을 알게 되고 깨닫게 될 것입니다.

비록 짧은 순간에도 마음이 제어되지 않는 것을 알고 아마 놀라겠지요. 마음은 얼마나 재잘거리고, 얼마나 상상을 만들어 내며, 이 일 저 일에 얼마나 훨훨 날아다니는가를 알게 되고, 마음을 사로잡는 한 가지 문제에 몇 번이고 다시 머문다는 것을 알게 되면 아마 놀랄 것입니다. 그냥 조용히 앉아 단 몇 번의 호흡도 셀 수 없다는 것을 알게 될 것입니다. 마음속의 '잡음' 과 '그림' 이 그칠 사이가 없을 것입니다.

마음이 제어되지 않는다고 좌절하거나 위축되지 마십시오. 지금 마음이 어떻게 움직이고 있는지 설명하려는 것입니다. 사람은 어떻게 작용하고 있는지 알게 되었습니다. 이것이 명상하는 이유입니다. 지금 무얼 하고 있는지, 자기 자신에 대해 알게 되는 것에 관심을 가지십시오. 집중하려고 노력하되 그런 노력에서 무엇이 일어나는지 알아차리십시오. 집중 정도가 미약해도 크게 신경을 쓰지 말고 노력을 계속해야 합니다. 노력을 해야 하지만 억지로 하지 말고 순탄하게, 부드럽게 수시로 마음을 명상으로 자꾸 돌리십시오. 인내심이 있어야 합니다. 자기 본래의 모습으로 돌아가서 수식관을 이어 가십시오. 잠시 동안인 아주 간단한 이 일에 관심을 가지십시오. 호흡을 세는 데 관심을 가지면 다른 모든 정신 활동은 누그러지고 마음은 관심을 두고 있는 일에 머물 것입니다. 호흡을 세고 있는 동안 마음은 한 눈을 팔지 않습니다. 이것이 심일경성心一境性, 즉 삼매三昧입니다. 들숨·날숨을 세는 그 자체에 만족하십시오. 참으로 어렵고도, 참으로 쉬운 일입니다!

호흡의 리듬에 맞춰 수를 세고 있는 동안, 잠깐 동안이지만, 마음은 고요하고 명료해집니다. 잠시 동안의 이 명료함만으로도 집중의 가치를 알기에 충분할 것입니다. 수식관으로 이미 채워진 마음의 공간에 근심, 희망, 공상, 소원이 끼어들 수 없습니다. 깊은 의미를 지닌 이 단순한 현상을 깊이 숙고하여 완전히 깨달아야 합니다. 복잡하지 않은 이 방법에 집중함으로써 비록 한 순간이나마 바람직하지 않은 마음 상태에서 벗어나 이를 무력하게 만들 수 있습니다.

명상은 심오한 실질적인 문제들을 직면하는 방법이며 이 문제들을 적극적이고 창조적으로 변화시키는 경험을 얻는 방법입니다.

집중과 평온의 심도는 한동안 나타나 발전을 이룹니다. 이것이 나타나는 데 얼마나 오래 걸릴지 말하기는 불가능합니다. 사람에 따라서 거의 즉각 나타나기도 하고, 몇 주 혹은 몇 달이 걸리기도 하며, 긴 세월에 걸쳐 천천히 알지 못하는 사이에 찾아오기도 합니다.

그러므로 이 수행은 시기가 적당할 때 하는 것입니다. 이때 자기 자신에게 정직해야 합니다. 그만둘 때인가? 목적에 이바지하고 있는가? 완성을 기다리는 시점이 없습니다. 주춤거리지 않고는 열 번의 호흡을 결코 셀 수 없을 것입니다. 얼마간의 집중과 어느 정도의 평온과 명료성을 경험하는 것만으로도 충분합니다. 완성을 기다린다면—20여 분 동안 '열까지 세는 것을 몇 번이나 되풀이하여 이 흐름이 중단되지 않아야 하는데—아마도 아주 오랜 세월이 걸릴 것입니다. 틀림없는 시기라고 생각될 때 결행하십시오. 좋다면 실험해 보고, 필요하다고 느끼면 장차 이 수행에 항상 돌아올 수 있습니다. 시기는 이에 대해 지나치게 빨리 동감하는 경우와 전혀 동감하지 않는 경우간의 균형을 찾아내는 문제입니다.

호흡을 세는 데 관심을 가지면 다른 모든 정신활동은 누그러지고 마음은 관심을 두고 있는 일에 머물 것입니다. 호흡을 세고 있는 동안 마음은 한 눈을 팔지 않습니다. 이것이 심일경성心─境性. 즉 삼매三昧입니다.

| 명상 대상 |

기억해야 할 중요한 점은 호흡을 살피는 것은 호흡 훈련이 아니라 살피는 훈련이라는 점입니다. 호흡 방식을 일부러 과장하거나 변경하려 들지 말아야 합니다.

수식관은 호흡이라는 육체적 행위가 있고 이것을 마음속의 말로 표현함으로써 이루어집니다. 호흡을 살펴 호흡에 대한 말이 이루어집니다. 생각의 도움을 받아 집중하고 있는 것이지요.

다음 수행 절차는, 조금 다른 각도이기는 하지만, 역시 호흡 과정과 관계가 있습니다. 비록 일어나고 있는 일—호흡—에 대한 생각으로 최초로 뇌이는 것은 집중에 도움이 되더라도 호흡의 느낌을 알아 차리는 마음은 이 생각에서 떠나 몸으로 쏠리게 됩니다.

호흡 과정에 대한 집중에는 많은 변형이 있지만 여기서는 세 가지를 들겠습니다. 어느 것을 이용해도 상관없으므로 이 중 단 한 가지만 사용하십시오. 효과는 모두 같으므로 한 가지에서 다른 것으로 진전해도 문제는 없습니다. 그런데도 어느 것이 가장 적합한지 알아보기 위해 시간이 지남에 따라 모두를 시도해 보려 하겠지요. 결국 한 가지로 결정하여 이에 고정하십시오.

첫째, 호흡의 길이에 집중하여 길고 깊은 호흡, 짧은 호흡, 또는 길지도 짧지도 않은 호흡 여부를 알아차림.

둘째, 호흡하는 동안 콧구멍을 통해 이동하는 공기의 온도에 집중하여 차고 더움을 알아차림.

셋째, 호흡하는 동안 아랫배, 대략 손가락 세 개 정도 넓이의 배꼽 아래 부분에 정신을 집중하여 아랫배의 부풀어오름과 꺼짐을 알아차림.

호흡은 살아 있는 동안 계속되는 흐름이므로 이 때문에 명상의 주제로서는 아주 편리한 주제입니다. 기억해야 할 중요한 점은 호흡을 살피는 것은 호흡 훈련이 아니라 살피는 훈련이라는 점입니다.

호흡 방식을 일부러 과장하거나 변경하려 들지 말아야 합니다. 보통의 호흡을 자연스럽게 하면서 이를 의식하고 있어야 합니다.

비록 일어나고 있는 일 ─ 호흡 ─에 대한 생각으로 최초로 뇌이는 것은 집중에 도움이 되더라도 호흡의 느낌을 알아 차리는 마음은 이 생각에서 떠나 몸으로 쏠리게 됩니다.

┃ 대체 명상 대상 ┃

정적인 것은 보고 있는 동안 '생각'에 휘말려서 일어나고 있는 것을 알아차리지 못합니다. 움직이는 대상이 좋은 것은 이 때문입니다.

수식관을 시작하면 금방 호흡이 긴장되고 지겨워져 어려움을 겪는 사람들이 있습니다. 호흡 방식은 근본적으로 마음의 상태와 관계가 있습니다. 마음이 불안할 때 호흡은 긴장되고 불규칙하게 되며 마음이 고요하면 고르고 부드럽게 흘러 거의 느낄 수 없습니다.

그러므로 호흡은 특정 시점의 마음 상태를 반영합니다. 이 때문에 호흡을 명상의 대상으로 삼는 또 다른 이유입니다. 마음이 어떻게 몸에 영향을 미치는지 보고 있는 셈입니다.

줄기찬 인내로도 명상의 대상으로서 호흡을 정말 살펴 나갈 수 없다면 다른 방법을 찾아보아야 합니다. 소리로 대체할 수 있습니다. 고요한 장소에서도 소리를 들을 수 있습니다. 새소리, 바람소리, 기차 소리, 비행기 소리, 난방 소리 등등. 의식이 깨어 있을 때는 적막의 소리도 있습니다. 그러나 소리를 대상으로 한 명상이 창밖의 이야기 소리나 텔레비전 소리를 대상으로 하면 명상의 가치는 없습니다. 명상할 때 누군가가 틀어놓은 음향기기 소리에 귀를 기울이는 것은 물론 좋지 않으므로 피하도록 하되, 그 소리가 갑자기 고요한 명상 장소를 침입하면 최소한 명상 시간 동안은 역시 이를 거부하지 말아야 합니다. 소리의 내용에 이끌리지 말고, 즐거운 소리나 불쾌한 소리, 혹은 옳고 그른 소리라는 판단 없이 소리를 소리로만 살피십시오. 이 역시 아주 가치 있는 수련입니다.

수식관 외의 다른 대상은 흐르는 시냇물이나 촛불을 대상으로 한 명상입니다. 그러나 흐르는 시냇물 곁을 자주 찾을 수 있는 기회는 많지 않으며 촛불을 응시하는 것은 눈을 상

하게 할 수 있습니다. 그러므로 이런 일은 장기적인 관점에서 이상적이지 않습니다.

장식, 꽃, 마룻바닥, 벽면 등등 정적인 대상물 역시 좋은 명상 주제가 아닙니다. 정적인 것은 보고 있는 동안 '생각'에 휘말려서 일어나고 있는 것을 알아차리지 못합니다. 움직이는 대상이 좋은 것은 이 때문입니다. 동적인 것은 이를 따라 끊임없이 주의를 기울일 필요가 있습니다.

수식관 외의 다른 대상은 흐르는 시냇물이나 촛불을 대상으로 한 명상입니다. 그러나 흐르는 시냇물 곁을 자주 찾을 수 있는 기회는 많지 않으며 촛불을 응시하는 것은 눈을 상하게 할 수 있습니다. 그러므로 이런 일은 장기적인 관점에서 이상적이지 않습니다.

| 요별了別* 없는 살핌과 알아차림 |

움직임을 따라 살피기 쉽게 하려고 부풀고 꺼짐을 일부러 크게 하려 하지 마십시오.
작은 움직임을 그냥 그대로 알아차려야 합니다.

집중할 새로운 대상이 이제 선정되었습니다. 정상적인 자세로 앉아 등을 구부러지지 않게 하여 될 수 있는 한 긴장이 이완된 자세 그대로 숨을 쉽니다. 앉아 있는 몸과 숨을 느끼십시오. 그 외의 것은 관심 두지 마십시오.

이제 앞서 설명한 호흡 살피기 세 가지 중 선택한 방법을 실행하십시오. 아랫배의 부풀고 꺼짐을 대상으로 결정했다

---

* 요별(了別) : 인식(認識). 구별하여 아는 것. 대상을 각각 구별하여 인식하는 것.

고 가정합시다. 그러면 지금 그것을 실행하여 아랫배의 움직임을 뇌십시오. 움직임은 매우 부드럽고 미묘하여 거의 감지할 수 없을 것입니다. 상관없습니다. 움직임을 따라 살피기 쉽게 하려고 부풀고 꺼짐을 일부러 크게 하려 하지 마십시오. 작은 움직임을 그냥 그대로 알아차려야 합니다. 부풀고 꺼짐을 느껴 움직일 때마다 묵언으로 가만히 "부품, 꺼짐, 부품, 꺼짐" 이라고 뇝니다. 뇌는 말과 배의 움직임을 일치시키고 숨은 자연스럽게 합니다.

들숨과 날숨 사이 잠깐씩 멈추기 때문에 배의 움직임도 계속되지 않고 잠깐씩 멈출 것입니다. 사이사이에 멈추는 순간이 있다는 말입니다. 그때마다 그 순간을 알아차리고, 바닥과 방석 또는 의자와 닿아 있는 온몸을 알아차리고 '앉아 있음' 도 느끼며 뇝니다. "부품, 꺼짐, 부품, 꺼짐, ……"

요별을 하지 않고 살펴 알아차리십시오. 일어나고 있는 일 그 자체에 '좋음', '싫음', '옳음', '그름' 이라는 요별을 하지 말고 그에 대해 아무 말도 할 필요가 없습니다. 주의가 산만해지면 묵언으로 '생각하고 있음' 을 뇌어 생각하고 있음을 철저히 알아차리고, 이 생각이 아랫배의 부풀고 꺼짐에 대한 집중을 방해하고 있다는 것도 완전히 알아차려야 합니다. 일단 일어나고 있는 일을 알아차리십시오. "생각하고 있음, 생각하고 있음, ……" 그런 다음 본래 명상 대상에 되돌아오십시오. "부품, 꺼짐, 부품, 꺼짐, ……"

명상 중에 나타나는 생각, 소리, 느낌, 감정, 어느 것도 피하려고 하지 말고 받아들이십시오. 그것을 알아차려, 뇌고 느낀 후 아랫배의 부풀고 꺼짐에 대해 주의를 돌리십시오. 명상의 대상이 무엇이든 마찬가지입니다. 앉아서 명상을 하는 동안 이처럼 진행시키십시오.

부품, 꺼짐, 앉음, 부품, 꺼짐, 앉음, 부품, 꺼짐, (예를 들어 무릎의)아픔, 아픔, 아픔, 아픔, 다음에 명상 주제로 되돌아와서, 부품, 꺼짐, 부품, 꺼짐, 잡념이 일어납니다, 공상, 공상, 공상, 부품, 꺼짐, 앉음, 부품, 가려움, 가려움, 가려움, 부품, 꺼짐, 침을 삼키고 싶음, 침을 삼키려 함, 침을 삼킴, 부품, 꺼짐, 앉음, 생각, 생각, 생각, 부품, 꺼짐, 아픔, 아픔, 아픔, 움직이려 함, 부품, 꺼짐, ……

살핌의 무게 중심을 맨 처음에 그랬던 것처럼 첫 명상 대상에 두십시오. 가능한 한 잡념은 가장자리에 두고 주제를 중앙에 두어 중앙으로 향하도록 하십시오. 차를 마시러 간다는 상상이 일 때마다, 옛 친구를 만나러 간다는 상상이 날 때마다 정지! 본래대로 되돌아가십시오. 그 순간을 알아차려 묵언으로 "상상, 상상, 상상" 그런 후에 명상 주제로 되돌아옵니다. 잡념이 일 때마다 이렇게 합니다.

앉아 있는 자세를 흐트러지지 않게 하여 그대로 유지하십시오. 살아 있는 순간은 침묵하고 있는 지성과 감성을 배제하고, 간섭받지 않고 중단 없이 오직 스스로 나타내 보이고 스스로 채우고 있습니다. 이 때문에 산만한 생각은 비활성 상태가 되어야 할 뿐만 아니라 몸도 흐트러짐이 없어야 합니다. 그러나 명상 수련 초기, 자극이나 고통이 참기 어려운 때가 이따금 있습니다. 참지 말고 문제되는 부위를 움직이거나 긁어서 괴로움을 해소시키도록 결단을 내려야 합니다. 이때에도 천천히, 마음을 챙겨 움직이고 긁는 동작을 낱낱이 알아차리십시오. "움직임, 움직임"이라고 뇌며 손을 아픈 곳에

가져가고, "듦음, 듦음"이라고 뇌며 천천히 듦은 후 "옮김, 옮김"을 뇌며 손을 천천히 제 자리로 옮깁니다. 이 모든 동작이 끝나면 "부품, 꺼짐, 부품, 꺼짐,……"으로.

마음의 헤매임이 약해질 때까지 뇌는 과정을 계속하고 그 이후 버리십시오. 뇌임은 그 나름의 목적이 있습니다. 자, 계속하십시오!

요별을 하지 않고 살펴 알아차리십시오. 일어나고 있는 일 그 자체에 '좋음', '싫음', '옳음', '그름'이라는 요별을 하지 말고 그에 대해 아무 말도 할 필요가 없습니다.

| 뇌임의 마지막 단계 |

생각하지 말고 그대로 살피십시오. 전적으로 그것과 함께 머무십시오.
몸이 움직이면 움직임이 되십시오.

　명상을 위한 모든 보조 수단은 적당한 때에 버려야 하며 그
렇지 않으면 이 수단들에 친숙해지고 편해져서 이 수단은 더
이상 가치가 없어집니다. 사실 수단은 너무 오래 사용하면
장애물이 되고 좌절을 가져오며 부정적인 것이 되어 버립니
다. 때가 무르익으면 뇌는 것을 버리도록 하십시오. 마음이
스스로 살아 있도록 하십시오.

　명상 초기, 뇌임은 잡념이 일어나지 않게 하여주고 나타나
고 있는 것의 살핌을 유지시키도록 하는 강력한 수단이지만,

이것 역시 생각을 일으키게 하는 활동이며 허위의 개념인 자아 관념에 붙들어 매이게 합니다. 아랫배의 부품과 꺼짐, 그리고 이것의 알아차림을 자아에 돌릴 것이 아닙니다. 소리와 소리를 살피는 것, 가려움과 그것을 겪는 자는 그 행위를 하는 '나에게' 속한 것이 아닙니다. 이제 이것을 알아볼 기회입니다.

뇌임을 멈추고 마음이 고요할 때 모든 자아 관념은 사라집니다. 이름과 생각, 믿어 왔던 표지는 '나', '당신'이라는 분리된 실체에 대한 환상을 만들어 냅니다. 이름을 이름으로 보기만 하면 단지 이름으로만 인지될 뿐 그 이상은 아닙니다.

아랫배의 부풀고 꺼짐을 그것에 대해 생각하지 말고 그대로 살피십시오. 전적으로 그것과 함께 머무십시오. 몸이 움직이면 움직임이 되십시오. "나는 여기 앉아서 지금 수식관을 하고 있다."고 자기 자신에게 이르지 마십시오. 부품과 꺼짐을 살피지 말고 '부품', '꺼짐'이라는 말도 만들지 말고 호흡과 하나가 되십시오. 나타나는 것 모두를 알아차려 있는

그대로 보되 그에 대해 이름 딱지를 붙이거나 이야깃거리를
만들지 마십시오. 마음과 몸을 관통하는 광명을 느끼십시오.
그리고 자유를 느끼십시오.

나타나는 것 모두를 알아차리는 것은 그대로 보되 그에 대해 이름 딱지를 붙이거나 이야
깃거리를 만들지 마십시오. 마음과 몸을 관통하는 광명을 느끼십시오. 그리고 자유를
느끼십시오.

무집착

생각을 흘려 보내어 쫓지 않는 용기를 가져야 합니다.
생각에 매달리지도, 거부하지도 않으면 자연적인 알아차림에 마음이 열립니다.

　호흡을 알아차리고, 지나가는 것—기분, 느낌, 생각, 냄새,
소리—모두를 알아차리십시오. 마음을 열어 살피되 무언가
를 보듯이 살피지 말아야 합니다. 생각에 말려들지 말고 그
것이 하는 대로 두어 그대로 지나가게 하십시오. 그렇지 않
으면 자유로울 수 없습니다.

　참답게 명상을 하는 사람은 강요나 방해를 받지 않습니다.
소리나 아픔, 또는 실망의 순간, 단편적인 생각으로 방해를
받아 명상에서 벗어나게 되고 이런 것들이 나만의 명상 세계

를 방해한다고 느끼면 틀림없이 좌절과 분노가 일어날 것입니다. 이러한 태도를 알아차리고 이에 따르는 좌절을 알아차리십시오. 나타날 때 그 경험을 알아차리십시오. 이것들은 순간적인 실재입니다.

명상이 대상에서 벗어났다고 실망하거나 괴로워할 필요가 없습니다. 죄 지은 것 아무것도 없습니다. 오는 것 모두 받아들이십시오. 모든 것이 명상 그 자체가 될 것이며 변화를 위한 기회로 볼 수 있을 것입니다. 부정적인 것을 긍정적인 것으로 바꾸고 있는 것이지요.

마음, 그리고 인생 자체는 집착과 거부로 인해 망가집니다. 집착과 거부, 이것은 동전의 양면과 같습니다. 이 둘은 완강하고 사납기까지 한, '나에게'라고 일컫는 이기적 현상의 활동입니다. 생각을 흘려 보내어 쫓지 않는 용기를 가져야 합니다. 생각에 매달리지도, 거부하지도 않으면 자연적인 알아차림에 마음이 열립니다. 알아차림은 기대, 두려움, 소원이 있는 곳에서 작용하지 않고 생활이 있는 곳에서 작용합니다. 꿈꾸듯 방황하는 마음에서 헤어 나와 순간의 실재로 오십시오. 아무것에도 매달리지 말고 철저히 자유롭게 되십시오.
과거를 지워 버리고 현재의 순간을 받아들여 생명을 신뢰할
용기를 가진 자는 누구나 이것이 가능합니다.

아무것에도 매달리지 말고 철저히 자유롭게 되십시오. 과거를 지워 버리고 현재의 순
간을 받아들여 생명을 신뢰할 용기를 가진 자는 누구나 이것이 가능합니다.

그림 해설 : 네가 있어야 돼!
사라져!

| 괴로움 |

참을 수 있는 아픔은 아주 유용한 명상의 주제가 될 수 있습니다.
아픔, 가려움은 생명을 가졌습니다. 느긋하게 생각하고 그대로 두십시오.

명상 중에 몰려드는 감정, 느낌, 냄새, 맛, 짜증, 생각, 이미
지 등 모두를 기꺼이 받아들일 때 갈등이 일어나지 않습니
다. 육체적 괴로움도 마찬가지입니다.

우리는 특정 느낌을 거부하고 싫어하며 바라지 않습니다.
미움, 성가심, 조바심, 근심, 혹은 분개는 느낌을 거부한 결과
물로 나타납니다. 그러므로 괴로움이 다가오지 못하게 하려
고 하면 더 큰 괴로움을 겪게 됩니다. 명상 중 무릎이나 발목
에 아픔이 오면 두려움이나 싫어함을 갖지 말고 의식 속에

자리를 잡도록 허용하십시오. 아픔에 아주 조심스럽게 접근하여, 아픔이 비록 나에게 속한 것이라 하더라도, 냉정하게 살피면서 그대로 내버려 두십시오.

아픔은 보통 파도처럼 밀려오는데 조금 지나면 가라앉아 호흡으로 되돌아가게 됩니다. 그런 반면 아픔이 커질 수도 있습니다. 참을 수 없게 되는 경우에는 아픔의 중압과 싸울 필요가 없습니다. 마음을 챙기면서 자세를 고치고 수식관을 계속하십시오.

참을 수 있는 아픔은 아주 유용한 명상의 주제가 될 수 있습니다. 아픔, 가려움은 생명을 가졌습니다. 느긋하게 생각하고 그대로 두십시오. 영원히 지속되지 않습니다. 모든 것이 다 그렇지요. 이것이 아픔을 특별한 것으로 보지 않고 순리에 따라 즐겁지 못한 것으로 보는 기회입니다. 이렇게 하면 괴로움 없이 아픔을 경험할 수 있습니다.

즐거운 느낌은 아픔의 반대 현상이므로 같은 방법으로 처리할 수 있습니다. 즐거운 느낌을 갈구하고 즐겁지 못한 느낌을 두려워하는 것은 불만족성, 즉 고苦라는 장대의 양끝과 같습니다.

명상 중에는 기쁨과 지복이 나타나서 충만하게 됩니다. 이것은 몸에 대한 명상, 즉 신수관身受觀의 결과이지 무엇에 집착해서 나타나는 결과가 아닙니다. 알아차림을 계속하십시오. 오고가는 느낌을 그대로 두십시오. 만약 지복을 확인하고 이에 빠져 든다면 이에 대한 집착이 일어나서 이 느낌이 사라지면 상실감과 실망감에 빠져 들고 지복의 느낌을 더 크게 하려거나 다시 찾으려 들게 됩니다. 지복을 얻기 위해 명상하면 명상 본래의 목적이 의심스럽게 되어 버립니다.

지복은 저절로 오는 것이 아니라 의도적 노력으로 얻어 연마되는 것입니다. 주어지지 않은 단것을 몰래 훔쳐 맛보면 중한 병을 얻을 수 있습니다. 즐거운 느낌이든 즐겁지 않은 느낌이든 느낌에 매달리지 않는 것, 무집착이 행복으로 가는 길입니다.

좌선

- 조용한 장소를 정함

- 좌선을 계속할 시간을 정함―10분 혹은 20분 등

- 좌선 자세를 정함

- 가부좌 자세

- 방석이나 등받이 없는 걸상에 꿇어앉는 자세

- 의자에 앉는 자세

- 눈은 반쯤 뜨거나 감음

- 양팔을 양 대퇴부 안쪽에 얹고 양 손바닥을 위로 향하게 하여 자연
  스럽게 살포시 포개어 놓음

수식관

- 숨을 들이쉼―'하나' 숨을 내쉼―'하나'

- 숨을 들이쉼―'둘' 숨을 내쉼―'둘'

- '열' 까지 계속하되 도중에 세는 것이 흐트러지면 다시 '하나' 부터
  시작함

집중 대상

다음 중 한 가지를 택함.

* 매 들숨 날숨의 길이에 집중함

   —긴 숨, 짧은 숨, 길지도 짧지도 않은 숨

* 코에 들락날락하는 공기의 차고 더움에 집중함

   —들숨 : 참, 날숨 : 더움

* 아랫배(배꼽 아래 손가락 세 개 정도의 부분)의 부풀고 꺼짐에 집중함

위의 한 가지를 택하되 생각, 느낌, 감정이 일어날 때마다 이를 알아차리고 그런 다음 다시 위의 한 가지로 돌아옴.

아픔은 보통 파도처럼 밀려오는데 조금 지나면 가라앉아 호흡으로 되돌아가게 됩니다. 그런 반면 아픔이 커질 수도 있습니다. 참을 수 없게 되는 경우에는 아픔의 중압과 싸울 필요가 없습니다. 마음을 챙기면서 자세를 고치고 수식관을 계속하십시오.

행선 行禪

걷는 명상, 행선의 정식 수행은 좌선이 많이 행해지고 있는 은거처에서, 또는 몸이 굳었을 때 아주 유용한 방법입니다.

걸음은 훌륭한 명상 수단입니다. 명상은 몸의 자세에 있지 않다는 것을 깨닫게 합니다. 알아차리는 데 앉고, 서고, 눕고, 걷는 것에 무슨 차이가 있겠습니까? 알아차리는 상태는 몸을 넘어서는 경험입니다.

걷는 명상, 행선의 정식 수행은 좌선이 많이 행해지고 있는 은거처에서, 또는 몸이 굳었을 때 아주 유용한 방법입니다. 앉아 있는 동안 도중에 10여 분 정도 걸으면 관절을 뻗게 되고 무릎과 발목 등의 저림을 해소할 수 있습니다. 그러나 어

떤 의미에서 행선은 좌선을 동작으로 옮기는 것 이상의 의미
가 있습니다. 이것은 명상이란 앉아서 부동의 자세로 하는
것이라는 잘못된 관념을 타파하는 것입니다.

몸뚱이色, 느낌受, 지각想, 의지行, 의식識이라는 작은 다발
五蘊에서부터의 자유는 바로 직장에서 일을 하면서도 아랫배
의 부풀고 꺼짐을 살필 수 있듯, 걸음을 옮기는 행선으로도
경험할 수 있습니다.

- 자세를 똑 바로 세워 조용히 서 있음
- 양팔은 양 옆에 자연스럽게 내려놓음
- 시선은 앞 방향 적당한 거리에 두되 보이는 것에 관심을
  두지 않음
- 몸, 서 있는 온몸에 정신을 집중함
- 발을 들어올리려는 의도를 알아차림
- 발에 주의를 모음
- 한 발을 조금 들어 한동안 들고 있음
- 든 발을 앞으로 옮기려는 의도를 알아차림

- 든 발을 앞으로 옮겨 내리기 전 바닥 위에 잠깐 들고 있음
- 발을 바닥에 내리려는 의도를 알아차림
- 발을 바닥에 내려놓음

다른 쪽 발로 이 과정을 계속 하십시오.

현재 일어나고 있는 것을 잊지 않도록 순간순간에 마음이 머물도록 명심하십시오. 처음 좌선할 때처럼 무엇이 일어나고 있는가를 자신에게 말합니다. "들어올리려 함, 들어올림, 움직이려 함, 움직임, 발을 내려놓으려 함, 발을 내려놓음……"

예를 들어 15보 정도, 앞이 막혀 더 걸을 수 없을 때까지 계속 걸음을 옮깁니다. 옥외에서 행선을 할 경우 적당한 장소를 고르되 30보 정도의 거리로 제한하십시오. 그렇지 않으면 행선을 하는 것이 아니라 멋진 산책을 즐기고 있음을 알게 될 것입니다.

마루에서나 옥외에서나 발을 옮기다가 막다른 곳에서는 잠깐 멈추십시오. 이때 서 있는 온몸을 알아차립니다. 돌아

서려는 의도를 알아차리고 그 의도를 살핍니다. 이어 천천히 돌아서서 반대 방향을 향합니다. 다시 계속하여 발길을 옮깁니다.

걸어서 천천히 왔다갔다 하기를 10분 정도 내지 20분간 하십시오.

좌선의 경우에는 일어나고 있는 것, 오직 한 곳에만 초점이 맞춰지지만 행선의 경우에는 많은 순간이 살펴집니다. 매 순간을 천천히, 그리고 신중하게 임하여 집중해야 합니다. 집중이 흩어질 때마다 잠시 서서 집중을 가다듬어 다시 계속합니다. 그러나 텅 빈 마음에 부질없는 생각이 끼어들더라도 걸음을 멈출 필요는 없습니다. 저절로 일어나는 생각, 소리, 냄새, 얼굴에 스치는 바람, 발에 느끼는 압력들은 의식 속에 나타났다가 사라지겠지요. 그것들이 하는 대로 오고 가게 두십시오. 어떤 생각에 완전히 몰두해 있을 때에만 멈추어 몸에 대한 집중으로 돌아오도록 하여 그때부터 다시 계속하십시오.

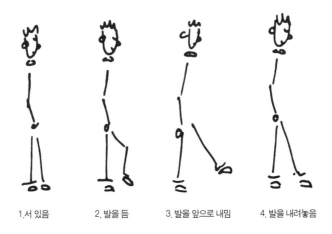

1.서 있음　　2. 발을 듦　　3. 발을 앞으로 내밈　　4. 발을 내려놓음

"서 있음, 서 있음, 서 있음, 발을 들려 함, 들음, 옮기려 함, 옮김, 내려놓으려 함, 발을 내려놓음, 들려 함, 들음, 옮기려 함……"

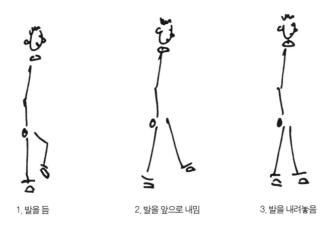

1. 발을 듦　　2. 발을 앞으로 내밈　　3. 발을 내려놓음

되돌아가기 위해 제자리에서 돌기 전, 잠시 머물음, "서 있음, 서 있음, 서 있음, 돌려고 함, 돌아섬, 돌아섬, 돌아섬, 서 있음, 서 있음, 서 있음, 발을 들려 함, 들음……"

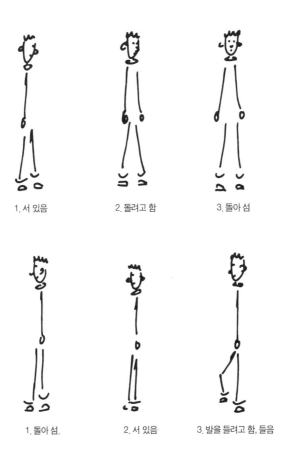

1. 서 있음   2. 돌려고 함   3. 돌아 섬

1. 돌아 섬.   2. 서 있음   3. 발을 들려고 함, 들음

다른 수행 방법처럼 매 순간을 뇌는 것은 적당한 과정을 지나면 버리고
걸음만 알아차리도록함

정리

- 최소한 8보(15보면 더 좋음) 걸을 수 있는 곧고 평평한 통로나 격리된 옥외 장소를 택함
- 10분 내지 20분 정도의 수행 시간을 미리 정함
- 양팔을 옆으로 느슨하게 내려놓음
- 가만히 서 있음
- 바로 앞 바닥에 시선을 둠
- 처음에는 동작을 뇌이다가 몽상이나 상상, 과거나 미래에 대한 생각보다 현재 일어나고 있는 순간에 마음이 머무는 것이 우세할 때는 뇌는 것을 중단하고 일어나고 있는 일을 곧장 직접 알아차리도록 함

| 앉은 그대로 |

사람의 본질은 부호로 설명하거나 반복하지 않아도 일어나고 있는 일을 바로 압니다.
사실 오직 마음의 본질이 알아차리는 것이며 다른 정신 작용은 알아차리지 않습니다.

명상의 대상이 아랫배의 부풀고 꺼짐이든 다른 어떤 것이든, 순간의 실재를 알아차리는 데 도움이 되기보다 장애가 되는 때가 올 것입니다. 얼마나 지나야 이런 일이 일어날지는 단언할 수 없습니다. 마음이 열리고 깨어 있어 대상을 따라 더 이상 알아차릴 필요가 없을 때입니다. 즉 기본적으로 집중인 어떠한 것에 대한 알아차림의 실행이 단조로워 적절치 않다고 느낄 때입니다. 이럴 때는 과거나 미래, 혹은 여기 이 자리가 아닌, 어느 것에도 빠져 들어가려 하지 않을 것입니다.

이 순간을 완전히, 100% 받아들일 때는 마음의 눈이 활짝 열린 때이므로 선택한 집중 대상은 필요 없게 될 수 있으며 또 그렇게 되어야 합니다.

모든 집중 대상을 버리고 앉아있기만 하십시오. 물론 생각이 들고 날 것이며 느낌과 지각도 들고 날 것이나 이런 자연적인 출현물의 이면에는 마음속 깊은 투명함과 부동의 적정, 위대한 힘이 온몸과 의식을 통해 퍼져 있습니다. 생각을 늘어놓지 않고, "저것은 나무에 스치는 바람", "저것은 내리는 비", "저것은 토스트 냄새", "이것은 오른쪽 무릎의 통증", "저것은 새소리"라고 스스로에게 말할 필요도 느끼지 않고, 오는 것에 마음을 열어 마음속 말을 하기 전에, 이미지를 만들기 전에 바로 알고, 그대로 앉아 있는 것, 스스로에게 말하지 않고도 일어나고 있는 것을 완전히 잘 알고 있습니다.

"아, 얼마나 아름다운 황혼인가!"라는 마음속의 메아리는 황혼의 아름다움을 빼앗아 가 버립니다. "아, 그들이 저렇게 고통받는 것은 얼마나 두려운 일인가!"라는 말은 그것에 대한 깊은 관심을 빼앗아 가 버립니다. 사람의 본질은 부호로

설명하거나 반복하지 않아도 일어나고 있는 일을 바로 압니다. 사실 오직 마음의 본질이 알아차리는 것이며 다른 정신 작용은 알아차리지 않습니다.

몸이 숨을 쉽니다. 인생은 바로 그대로이며, 뒤엉킴도 없고, 자아도 타인도 없고, 시간도 태어남도 죽음도 없고, 영원도 허무도 없고, 숨쉬는 자도 없고, 근심하는 자도 없습니다. 여기, 그대로 앉아 있습니다.

우리는 감정과 탐욕, 증오, 미망에서 벗어난 마음으로 알아차림 가운데서 보고 압니다. 물론 생각하고, 계획하고, 과거를 기억하는 능력을 잃는다는 것이 아닙니다. 무엇에 대한 생각에 의해서라기보다 체험한 것에 의해 움직인다는 것이 바로 그것입니다.

"배고프면 먹고, 목 마르면 물 마시고, 지치면 잠을 잔다." 는 어느 선사의 유명한 말이 있습니다. 단순하고도 단도직입적인 삶, 무엇을 바라지 않고, 미워하지 않고, 판단하지 않고, 너무 많이 소유하지 않고, 의무를 소홀이 하지 않고, 실재로부터 유리遊離되지 않고, 무엇에 골몰해 있지 않고, 나른하지 않고, 꿈속에 헤매이지 않고, 근심과 의심에 차 있지 않은 삶이 훌륭한 경험이며 순수한 행복입니다. 이것이 우리가 취할 삶입니다.

본서에서 제시한 수행 과정에 따라 계획을 세울 때 특히 주의해야 합니다. 본서의 내용은 제안이며 암시일 따름입니다. 자기 자신의 길을 스스로 찾아야 하며 그렇지 않으면 몸에 맞지 않은 남의 코트를 입는 것과 같을 것입니다.

자유롭게 명상하십시오.

모든 집중 대상을 버리고 앉아있기만 하십시오. 물론 생각이 들고 날 것이며 느낌과 지각도 들고 날 것이나 이런 자연적인 출현물의 이면에는 마음속 깊은 투명함과 부동의 적정, 위대한 힘이 온몸과 의식을 통해 퍼져 있습니다.

살아 있는 진리

묵은 습관 / 개아個我

태어나지 않은 것 / 재생 / 재생에서 벗어남

우리가 하는 일 / 지각을 느낌 / 길

Living
Truth

| 묵은 습관 |

바로 여러분의 것으로 할 수 있는 저 깊은 행복으로 흠뻑 젖은 담요를 스스로 던져 버리는 것은 묵은 습관입니다.

인생이 곤경에 처했을 때 우리는 냉혹한 승부를 거부할 수 있습니다. 인간 존재의 부침에 순응하려는 유혹에 항거할 수 있고, 암담한 상황의 희생물로 전락하는 것을 막아 내어 자신을 지킬 수 있습니다. 이런 일에 오래 질질 끌리지 않도록 의식적으로 결단을 내려 묵은 습관에서 풀려 날 수 있습니다.

자신에게 물어 보십시오. 나는 이와 같은 상황을 헤쳐 나가는 데 지치지 않았는가? 이 분위기와 묵은 생활 방식의 반복으로 인해 자기 자신과 남에게 쌓은 이 괴로움──수주일, 수

개월, 수년, 심지어 평생에 걸쳐 일어나는 사건들의 순환을 방치해 온 것. 이 모든 것들을 다시 헤쳐 나가는 데 나는 지쳤는가? 나는 충분히 대처했던가? 나의 마음은 병들고 지쳤는가? 똑같은 옛일을 몇 번이고, 몇 번이고 지겹도록 헤쳐 나가는 데 지겨워하지 않고 있는가?

여러분의 버릇은 어떻습니까? 가장 성가신 일은 무엇입니까? 찾아내십시오. 괴로움이 일어난 것은 외부 세계에 의해서가 아니고 바로 자기 자신에게 있다는 생각을 가져 본 적이 있습니까? 자기 자신의 성격으로 인해 스스로 파괴적인 에너지를 이끌어 내고 있지 않습니까? 여러분의 성격의 틀을 부숴 버릴 수 있습니까?

이 질문들을 자문해 보십시오. 지금까지의 여러분의 인생을 좀 더 숙고해 보고 틀에 박혀 버린 것이 아닌지 알아보십시오. 그대로 계속할 때인지…… 공부를 하여 방향을 바꾸어 새로운 방향으로 나아가야 하는 게 아닌지?

명상을 통해서나 일상생활을 통해서 행위와 그에 대한 반응을 살핌으로써 인생을 그르친 형성 조건을 알아볼 수 있을

나에게 괴로움을 주는 것은 내 자신이 아닌가?

것입니다. 자기 자신을 불행한 상태로 몰아넣고 아름답고 선한 것을 파괴하도록 여러분에게 강요하는 것은 과거의 경험에 의해 형성된 습관인 형성 조건입니다. 바로 이 순간, 바로 여러분의 것으로 할 수 있는 저 깊은 행복으로 흠뻑 젖은 담요를 스스로 던져 버리는 것은 묵은 습관입니다.

'나', 그리고 '너' 는 말의 편리를 위해 사용 되는 용어입니다. 그러나 여러분 존재의 근원에 있는 '자아' 라는 근본 개념을 살피고 여러분의 인생이 살아가는 전제를 검토해 보십시오. '자아' 는 탐욕과 증오와 무지가 의인화된 것, 무지와 고통스러운 망상, 근본이 없는 믿음입니다.

특별이 무엇엔가 몰두하지 않고 순간과 하나가 될 수 있을 때 마음은 공허해지지 않을 것이며 인생은 갑자기 깊은 블랙홀로 사라지지 않을 것입니다만 그렇다고 이름과 지위를 가진 육체 속에 살고 있는 '개아' 도 발견할 수 없을 것입니다. '개아' 는 은유가 아닌 신화로 보이며, 실제로 망상을 가진 마음의 부스러기입니다. 인생, 그렇습니다, 여기 있습니다. 바로 지금 체험하고 있습니다. 그러나 한 인간, 그는 누구일까요?

│ 개아個我 │

마음의 눈이 열리고 심성이 활짝 펴질 때 변하지 않는 것은 아무것도 없다는 것을 알게 될 것입니다.

개아 안에 무엇이 있을까요? 어둠? 냉기? 뼈와 살과 피로 가득 차 있을까요? 비었을까요? 그게 나인가요? 그 몸을 가진 자는 누구인가요? 누구, 다른 사람이 소유하고 있나요? 당신은 누구이며 나는 누구일까요? 누가 불행하며 누가 행복합니까?

나타나는 것—소리, 감정, 환영, 말, 냄새를 열심히 살피십시오. 살펴서 순간에 대한 말 없는 증인이 되십시오. 펼쳐진 만물을 살펴 알아차리고 활짝 열어 깨어 있으십시오. 의식이 알아차리도록 노력을 쏟으십시오. 마음과 마음속에 들어 있는 모든 것을 알게 될 것입니다. 몸을 포함하여 마음속에 있는 모든 것을 알게 될 것입니다. 마음과 몸은 무상하여 지금 이 순간 다시 태어난 존재임을 알게 될 것입니다. 마음과 몸은 동시에 모이고 흩어짐을 알게 될 것입니다.

우리는 오랫동안 진실에 관해 혼란된 생각을 가지고 있었습니다. 진실은 이름이 없으며 기술할 수 없으며 그 자체는 어떤 생각도 가지고 있지 않습니다. '나'는 이 몸뚱이에 있다고 생각하는 것은 태어나서 죽게 되는 독립된 존재, 몸과 마음을 가진 개별적인 존재—개아—가 있다고 믿는 것인데 그것의 진실은 무엇일까요? 진정 무엇을 체험하고 있을까요? 생각—환영, 소리, 감정, 냄새, 맛—은 마음이 경험하는 것입니다. 나타났다가 사라집니다. 느낌, 감정 상태, 관념은 모두 나타났다가 사라집니다. 이것들은 나타났다가 사라지며 처음과 나중이 같지 않음을 명상으로 알 수 있습니다.

우리의 몸 또는 정신 과정의 안이나 밖에 무언가 영원한 것을 찾을 수 있다면 자아를 찾았다고 말할 수 있지만 그렇지 않습니다. 마음이 자아라는 관념을 만들고 다른 실체와 분리

되어 있는 이 세상에 살고 있는 실체라는 관념을 만드는데, 이와 같은 정신적 형성물은 우리의 인생을 파멸시킬 수 있으며 또 파멸시킵니다. 우리는 이 정신적 형성물을 전제로 행동하고 이 자아를 행복하게 하기 위해 세월을 보내고 있습니다.

알아차림으로 관념 형성의 버릇을 해체시킬 때 마음속에 있는 '나'라는 신분은 아침 이슬처럼 사라지며 '나'는 더 이상 뿌리를 내리지 않습니다. "나는 ……을 좋아한다.", "나는 ……을 싫어한다.", "나는 ……을 믿는다.", "나는 ……을 믿지 않는다.", "나는 ……을 바란다."는 등 순간의 알아차림 속에서 인생을 즐기는 개아나 고통받는 개아라는 생각을 일으키는 습관은 차단됩니다.

우리는 무지로 인해 사물이 존재함을 믿고 있는 것입니다. 우리는 몸 안에 자아가 있다고 믿습니다. 대부분의 사람들은 '자아'는 개념이며 관념에 불과할 뿐이며 '자아'의 출생과 늙음, 죽음이라는 관념은 이러한 근본적인 관념의 연장선상에 있다는 생각을 하지 못합니다. 여러 가지 믿음, 그중에서도 '자아'라는 믿음은 마음속에 고착되어 있어 전 생애를 통해 우리에게 극적으로 영향을 미칩니다. 우리는 망상의 그물 속에 싸여 있습니다.

명상으로 생명 존재의 본질을 탐구하는 것은 믿고 있는 것이 일어나고 있음을 대면하는 것이 아니라 실제로 일어나고 있는 사실을 대면하는 것입니다. 이것이 명상의 본 모습이며 살피는 방법입니다. 무언가를 바꾸고 무언가를 지우는 방법이 아닙니다. 알기를 원하십니까? 그러면 살피십시오. 무엇이 두렵습니까? 인생, 선입견 없이 이를 참구한다고 해서 없어지지 않습니다. 자기 자신을 살핀다고 해서 명상으로 허무주의를 맞는 일은 없습니다.

마음의 눈이 열리고 심성이 활짝 펴질 때 변하지 않는 것은 아무것도 없다는 것을 알게 될 것입니다. 일체는 무상합니다. 일체는 나타났다가 사라지며 그 가운데에서 자아의 어느 것도 찾아낼 수 없습니다.

몸과 마음, 실재實在로 가득 찬 빈자리입니다.

태어나지 않은 것

태어나지 않은 자로서의 '나'는 영원히 지속될까요?
태어나지 않은 자는 실물 모습이 없기 때문에 영원하다고도 말할 수 없습니다.

명상으로 일체가 무상함을 알게 됩니다. 나타났다가 사라집니다. 나타났다가 사라지는 것은 어느 것도 '자아', 자성으로 볼 수 없습니다. 그러나 이것을 아는 자는 누구일까요? 소리…… 느낌…… 꿈……이 나타나고 사라짐을 아는 자는 누구입니까? 소리 그 자체는 소리를 알지 못하고 기분은 기분을 알지 못합니다. 누군가가 압니다. 그것이 무엇일까요? 생각, 혹은 생각하는 마음? 생각이 알까요? 명상을 통해, 마음이 가진 알아차림의 상태를 통해 생각은 정신적 산물—기억,

희망, 몽상, 두려움―에 불과하다는 것을 알게 됩니다. 정신적 산물은 형성된 것이며 그 자체가 아닌 타에 의해 알려집니다.

소리, 생각, 감각, 꿈, 이것은 모두 나타났다가 사라집니다. 이것은 모두 나타나지만 나타난 것을 경험하는 것도 태어난 것일까요? 그것은 어떻게 존재하게 된 것일까요? 태어난 것을 아는 자는 태어난 것일 수 없습니다. 그것은 별개의 어떤 것임이 틀림없습니다. 태어나지 않은 어떤 것임이 틀림없습니다. 태어나지 않고, 형성되지 않고, 만들어지지 않았으며, 생산되지 않았던 것―그것은 무엇인가를 아는 것이 아닌 어떤 것입니다. 그러면 그것은 무엇일까요? 아닌 것은 무엇일까요? 그것은 "나는 누구인가?"라는 질문과 같습니다. 그래서 이 질문은 또한 훌륭한 질문입니다.

인생을 경험하고 인식하고 아는 자는 너무나 가깝고 사적이며 친숙하여 이 아는 자를 나라고 믿을 정도입니다. 태어난 것을 낳는 태어나지 않은 자―일상적으로 '나 자신에게 속한 나'로 보는 것―이 둘은 하나이면서 같은 것으로 보입니다. 그럴까요? 나는 태어나지 않은 것일까요? 내가 만약 그렇다면 그것은 나라고 말할 수 없을 것인데, 그럴 수 있을까요? 색깔, 촉감, 모양이 없는 형성되지 않은 것, 만들어지지 않은 것은 개라고 말할 수 없습니다. 내가 만약 태어나지 않은 것이라면 당신도 마찬가지입니다. 나는 태어나지 않은 것이라고 말할 수 없을 뿐만 아니라 그것이 나 아니라고도 말할 수 없습니다.

　장님은 볼 수 있습니다. 마음으로 어둠을 볼 수 있습니다. 생각하는 마음으로써가 아니라 태어나지 않은 마음으로 볼 수 있습니다. 장님은 시력을 가지고 있지 않으나 시력이라는 인식은 있습니다. 실제로 보는 것은 시력이라는 인식입니다. 듣고, 맛보고, 냄새 맡고, 촉감을 느끼고, 생각한다는 인식도 마찬가지입니다. 8세기, 혜능선사慧能禪師는 질문을 받았습니다.

　문 : 소리가 있을 때 들음이 있습니다. 소리가 없을 때 들음은 존속합니까, 그렇지 않습니까?

답 : 존속한다.

문 : 소리가 있을 때 들음이 따르지만 소리가 없는 동안에 어떻게 들음이 존속합니까?

답 : 어떤 소리가 있든 없든 그와는 별개인 들음에 대해 지금 이야기하고 있다. 어떻게 그것이 가능한가? 들음의 본성은 끊임이 없어 소리야 있든 없든 들음은 계속되고 있다.

문 : 그렇다면 누가, 혹은 무엇이 듣는 자입니까?

답 : 들음은 그대의 본성이며 앎의 내적 인지자認知者이다*

'그대의 본성', '내적 인지자', '들음과 앎'이라고 혜능선사는 말했습니다. 그는 '본성', '내적 인지자'를 생각이 아닌, 생각이 만들어 낸 것이 아닌 어떤 것, 몸이 아닌 어떤 것을 의미하고 있습니다.

대부분의 사람들은 이를 살과 피가 아닌, 그리고 정신 과정이 아닌 무엇으로 즉각 이해하겠지만 지적으로 그 뜻을 파악

* 『선문禪門, 돈오돈수頓悟頓修』, 혜능慧能 저, 존 브로펠드John Blofeld 역, Buddhist Publishing Group, 1987

할 수 없으며 의식 수준에서는 이를 알 수 없습니다.

생각, 느낌, 그 외의 것들이 어떻게 나타나고 사라지며 몸이 어떻게 변화하는가를 보는 것은 쉽습니다. 이 나타나고 사라짐이 출생이고 사망입니다. 그러나 나타나고 사라짐을 아는, 이 태어나지 않은 자(것)는 실물 모습이 없으며 존재자로서의 그침도 없습니다.

그러면 이 태어나지 않은 자는 영원할까요? 영원히 계속될까요? 태어나지 않은 자로서의 '나'는 영원히 지속될까요? 태어나지 않은 자는 실물 모습이 없기 때문에 영원하다고도 말할 수 없습니다. 그것은 이러한 언어나 그 외의 어떤 용어로서도 생각할 수 있는 성질의 것이 전혀 아닙니다. 바로 그것입니다.

마음과 몸은 단일체로 볼 수 있으며 물질色과 감수 작용受, 표상 작용想, 형성 작용行, 인식 작용識인 부분들의 결합체로도 볼 수 있습니다. 끊임없이 변하면서도 서로 결합되어 있는 이 다섯 부분을 지적 용어로 감각적 존재라고 볼 수 있습니다. 몸은 움직이고, 허기를 느끼고, 지치고 병들며 자라서

성숙하다가 늙고 주름져서 죽습니다. 정신적, 육체적 느낌은 즐거움에서 괴로움으로, 괴로움에서 다시 즐거움으로, 순전히 감각적 수준에서 변합니다. 경험은 선과 악으로, 다시 선으로, 지성적·감성적 수준에서 인지됩니다. 생각은 나타나서 덧없는 순간에 머물다가 사라집니다. 하나의 의식이 나타나서 경험을 하고 나면 또 다른 의식이 나타나고 또 나타나서 계속됩니다. 순간순간 같으면서도 같지 않으며, 다르면서도 다르지 않고, 영원한 것이라고는 어느 곳에서 찾을 수 없으며, '나'로 여길 것은 아무것도 없는 몸과 마음, 그러면서도 가는 곳이라고는 아무 데도 없는, 이것을 우리는 재생, 혹은 환생이라고 부릅니다.

마음과 몸은 단일체로 볼 수 있으며 물질色과 감수 작용受, 표상 작용想, 형성 작용行, 인식 작용識인 부분들의 결합체로도 볼 수 있습니다. 끊임없이 변하면서도 서로 결합되어 있는 이 다섯 부분을 지식 용어로 감각적 존재라고 볼 수 있습니다.

| 재생 |

한 상태에서의 사라짐 또는 죽음은 다른 출생이지만 출생과 죽음은 동일 순간입니다.

나타난 것은 사라지기 마련입니다. 호흡, 소리, 냄새, 맛, 촉감, 생각, 고통, 아름다운 순간, 인생…… 모두가 그렇습니다.

조수의 밀물과 썰물처럼 끊임없이 나타나고 사라짐, 얻을 것 아무것도 없으며 잃을 것도 아무것도 없습니다. 이것은 하찮은 진리이지만 인간 존재의 생명에 큰 의미를 가지고 있습니다. 하나의 사라짐은 다른 것을 나타나게 합니다. 그러나 하나의 사라짐과 이어진 나타남의 두 부분 사이에는 경계선이 없으며 틈도 없습니다. 집안에서 정원으로 걸어 나가면 집의 영역을 떠납니다. 집안에 있는 사람은 내가 나가는 것을 봅니다. 그들은 집안에서는 내가 사라진 것, 죽은 것으로 봅니다. 정원으로 들어가면 정원에 있는 사람들은 내가 정원의 영역에 나타난 것, 태어난 것으로 봅니다. 나로서는 죽음도 태어남도 겪지 않고 단지 상태의 변화만 있었을 따름입니다.

한 상태에서의 사라짐 또는 죽음은 다른 출생이지만 출생과 죽음은 동일 순간입니다. 떠남과 들어옴이 동시에 일어나므로 이 과정에서 그 자체는 없어져 버렸다는 의미가 아닌, 두 부분은 순간 발생 없이 출입구가 서로 교차되어 있습니다. '사망'과 '출생'은 전개, 소용돌이, 그리고 진전에 다름 아닙니다.

변화를 허무로 생각하는 사람은 아무도 없음에도 대부분의 사람들은 죽음을 최종적인 절멸로 믿습니다. 천국이나 지옥 같은 영원한 상태를 열렬히 믿는 사람들도 있습니다. 그러나 진실을 무엇일까요? 나는 죽을까요? 나는 이 몸과 이 마음을 경험하고, 이 몸과 이 마음의 세계를 경험하며, 이 몸과 이 마음의 무너짐을 경험할 것입니다. 그런데도 나는 죽을까요? 내 존재의 본질은 사라질까요? 죽으려면 먼저 태어나야 합니다. 나는 태어난 것일까요? 이것은 어려운 문제입니다.

죽음에 임해 이 세상 어딘가를 찾아 발견하여 그곳으로 이전해 간다고 생각할 수 있겠지요. 혹은 영원한 수면—종말—으로 간다고 생각할 수 있습니다. 존재는 사실적이고 영원하며 변하지 않는다고 생각할 수도 있습니다. 혹은 인생은 한갓 꿈이라고 생각할 수 있을 것입니다. 여러 가지로 생각해 볼 수 있겠지만 그게 바로 생각입니다. 어느 것도 의미가 없습니다.

견해와 의견을 말끔히 없애고, 선입견을 버리고, 현재 생활에서 나타나는 것에 대해 아무것도 덧붙이지 않고 지금 바로 이 순간을 알아차립니다. 과거도 미래도 아니며, 영원하거나 허무의 문제가 아닌, 현재의 순간을 살핍니다. 그러면 그것이 시간을 초월했거나 모든 시간으로 보일 것입니다. 마음이 안정되고 맑아지면 움직임에 대칭되는 고요함을 알게 될 것이며 생명의 힘, 재형성의 과정을 알아차리게 될 것입니다.

29년 전 메이체 파톰원Meichee Patomwon이 태국의 사찰에 은거하여 명상하고 있을 때, 그녀의 전신에 갑자기 고통이 엄습했습니다. 극심한 고통은 세 시간 동안 계속되었습니다. 고통은 갑자기 사라졌는데 마치 누군가가 와서 그녀의 기분, 느낌을 걷어 내는 듯했습니다. 그 후 그녀는 몸이 너무나 가볍게 느껴져 눈을 크게 뜨고 팔다리가 그대로 있는지 살펴보아야 할 정도였습니다. 그 순간 그녀는 이것이 재생이라는 생각이 일어났으며 전생의 회상이라고 느꼈습니다.

그 후 6개월, 그녀는 사찰 경내에서 묵언으로 집중적인 명상을 계속했습니다. 명상 상태의 그녀에게는 여자도, 남자도, 사람도, 그 누구도, 어떤 특정인도 없는, 바로 빈자리, 공 空만 있는 것 같았습니다. 이 즈음 그녀는 광범위한 여러 경험을 하여 마치 영화를 보는 것 같았습니다. 음성과 영상과 기억이 마음속에 떠올랐던 것입니다.

6개월 간의 은거 후 그녀가 경험했던 영상에 어떤 진실이 있는지, 떠올랐던 이름에 어떤 의미가 있는지 알아보기로 했습니다. 이전에 한 번도 찾아와 본 적이 없었던, 영상에 나타났던 그 마을을 발견했습니다. 그 마을에서 한 집을 찾았는데 그 집은 명상 중 그녀에게 떠올랐던 바로 그 이름을 가진 사람의 집이었습니다.

메이체 파톰원은 그들 부부에게 명상 중에 경험했던 것을 자세히 설명했습니다. 전생의 그녀의 부모와 함께 했던 순간, 전생의 마지막으로 여겨지는 순간에 대해 이야기했습니다. 이들 부부는 22년 전, 3개월 된 그들의 어린 딸의 죽음에 대한 이 낯선 여인의 자세한 설명을 믿을 수가 없었습니다. 그러나 이것은 생생한 환생의 사례로 모두가 받아들였습니다.

이것이 진실이라면 전생의 메이체 파톰원은 그녀의 어머니가 18세 때 3개월 된 젖먹이로 죽었던 것입니다. 젖먹이의 죽음과 이생에서의 그녀가 수태된 날짜의 사이는 10개월이었습니다. 전생의 어머니는 지금 60대 중반이고 현생의 어머니는 70대이므로 기간에 큰 차이가 없습니다.

메이체 파톰원은 지금 48세이며 두 어머니는 지금 그녀가 수좌 비구니로 있는 같은 사찰에서 수계를 받았습니다. 실제로 메이체 파톰원은 그 지방의 수좌 비구니이며 영성과 명상

괴로움이 어떻게 나타났다가 사라지는가를 살피는 것은 훌륭한 일입니다.

에 관한 설법으로 크게 존경을 받고 있습니다. 그녀가 전생 이야기를 할 때 "우리는 끝이 없는 것 같아요."라고 말하며 슬픔에 잠깁니다. 우리는 돌고 돌아, 돌고 돌아간다고 그녀는 느끼고 있습니다. 끝없는 순환, 행복과 불행의 순환 속에서 태어남과 죽음, 태어남과 죽음의 반복이지요.

"괴로운 일이 어떻게 일어날 수 있는지 아는 것은 훌륭한 일이며 그래서 괴로운 일로 마음이 산란하게 되지 않습니다. 이것을 잊지 않을 것이며 정신을 빼앗기지 않을 것입니다. 고苦가 어떻게 일어나고 사라지는지 아는 것은 훌륭한 일입니다."라고 그녀는 말하고 있습니다.

그녀는 이어서 말합니다. "인생은 즐거움樂보다 괴로움苦이 더 많습니다. 괴로움을 끝내는 것은 진정한 행복을 맛보는 것입니다. 바라는 것을 얻는 것은 행복이 아닙니다. 괴로움을 끝냄으로써 얻는 행복이 진정한 행복이며, 진정한 기쁨입니다. 괴로움을 끝내는 방법을 안다면 살아있는 자로서 진정한 지복을 맛보는 방법도 알게 될 것입니다."

그녀에게 하나의 몸과 마음에서 다른 몸과 마음으로 다시 태어나는 것은 사실이어서 증명할 필요가 없지만 그것이 그녀에게 기쁨이 되지 못합니다. 그녀에 관한 한 생활에서 가장 중요한 것은 오히려 몸과 마음의 속박에서 풀려나는 것인데 그것이야말로 진정한 행복을 얻는 방법이기 때문입니다.

메이체 파톰원에게는 괴로움에서 벗어남과 순수하고 심원한 행복은, 전생에서 살았으며 내생으로 다시 이어질 것이라는 생각에 있는 것이 아니라, 몸과 마음으로 묶인 영역에서 자기 자신을 해방시키는 것입니다.

견해와 의견을 말끔히 없애고, 선입견을 버리고, 현재 생활에서 나타나는 것에 대해 아무 것도 덧붙이지 않고 지금 바로 이 순간을 알아차립니다.
마음이 안정되고 맑아지면 움직임에 대칭되는 고요함을 알게 될 것이며 생명의 힘, 재형성의 과정을 알아차리게 될 것입니다.

| 재생에서 벗어남 |

그러므로 재생은, 몸이 활발하게 활동하든 죽어 무너지든,
순간순간 일어나는 하나의 과정으로 인식해야 합니다.

필자가 10대 때 동양 종교에 매력을 느낀 것 중의 하나가
재생과 타 세계의 존재에 관한 교설이었습니다. 단 한 번의
생이 아닌, 수많은 생! 얼마나 멋진가요. 그 많은 사람들과 동
물들이 겪지 않을 수 없는 불행과 불의로 가득 찬 세계에서
단 한 번의 이 비참한 이 존재의 세계에서 막연한 세월을 견
뎌 내어야 하는 것보다는 훨씬 훌륭하지 않은가요. 죽음, 그
이후는 무엇인가요? 천국? 지옥? 영원, 아니면 전무? 투쟁과
괴로움 외에는 아무것도 아닌가요?

죽음이 새로운 생으로 가는 입구라면 더 나은 것을 위한 기회로서 오히려 환영할 일이 될 것이며 그래서 그 당시 나는 물론 일종의 감성이나 유물론적 의미에서 '더 나은 것'은 흥미 있고 행복한 것으로 생각했습니다.

출생과 사망에서 벗어남이라는 관념을 처음 대했을 때 나는 그걸 무시했습니다. 붓다는 말했습니다. "태어나지 않음과 늙지 않음, 죽지 않음이 있다. 만약 태어나지 않음이 없다면 태어남과 늙음과 죽음에서 벗어남도 없을 것이다." 태어남과 늙음과 죽음에서 벗어남? 태어남에서 벗어남? 내생에서 태어나는 재생에서 벗어남? 그러나 나는 단지 내생이 있다는 관념을 이해했을 따름인데 지금은 그것에서 벗어나려 하고 있습니다! 이런 생각은 나에게 전혀 호소력이 없었습니다. 태어남에서 벗어나는 것은 무언가 허무주의에 가까운 것, 그것이 무엇이든 몸도 마음도 자아도 없는 애매한 일종의 '무존재'로 느껴졌었습니다.

그러므로 불교가 어떻든 허무적인 것은 아니라 하더라도 나는 출생과 사망에서 벗어남, 즉 해탈을 여전히 허무주의의 형태로 결부시키고 있었으며 해탈과 깨달음이 일종의 허무주의를 의미한다면 나는 무지한 채로 남아 차라리 나의 존재, 내가 사랑하는 존재로 계속되는 쪽을 택하기로 했었습니다. 그러나 진실이 무엇이든 그것을 무시하지 않으려는 무언가가 있어서 나는 열심히 명상을 계속했습니다.

감정, 지각, 생각, 의식의 변화 등은 사실은 태어남과 죽음이라는 것, 재생이라는 것을 알기까지 수년이 걸렸습니다. 그리고 그것이 살아 있는 실재라는 것을 점점 더 깨닫게 되었습니다. 자연 발생적 순간, 자연 발생적으로 나타나는 순간, 그것은 눈부신 재생이며 아주 명백한 사실이었습니다. 나는 왜 이전에는 그것을 몰랐을까요? 그러나 그것을 알게 되자 첫 번째처럼 명백한 다른 깨달음에 도달하게 되었습니다. 재생—현상의 나타남과 사라짐—은 항상 일어나고 있는 것입니다. 그러나 어디에서 일어나는 것일까요? 나에게서 현상이 일어나는 것일까요, 아니면 현상 안에 내가 나타나는 것일까요?

우리는 습관적으로 우리 자신은 이미 구성되어 있는 우주

안에 나타난 작은 산물이라고 생각합니다. 그러나 이것을 다른 각도에서 바라보면 흥미로운 결과가 나옵니다. 마음이 적정을 이루고 내면의 알아차림의 눈이 크게 뜨일 때 물질과 정신을 포함한 형상—'나'—을 문득 비물질적인 것으로 보는 것이 가능해집니다. 비물질, 태어나지 않은 것, 만들어지지 않은 것, 형성되지 않은 것을 생명이 나타나는 공간으로 보면 태어나지 않음, 늙지 않음, 죽지 않음을 만나게 됩니다. '나'는 별안간 형상인 동시에 무형상이 됩니다. 이 순간 '나와 나의 인생'이라는 관념은 적합하지 않게 됩니다. 이렇게 보게 되면 그 많은 고뇌와 괴로움의 얽힘에서 벗어나는 것 외에는 재생에서의 벗어남으로 인해 잃을 것은 아무것도 없다는 것을 깨닫게 됩니다.

그러므로 재생은, 몸이 활발하게 활동하든 죽어 무너지든, 순간순간 일어나는 하나의 과정으로 인식해야 합니다. 나타나는 것은 그것이 무엇이든 사라지게 되어 있습니다. 그럼에도 '나타남과 사라짐', '태어남과 죽음', '재생', '안과 밖'은 표현에 불과하며 생각하는 마음, 사유하는 마음의 산물이며 그

이상이 아닙니다. 생각에서 벗어남과 생각에 동반하는 편협
된 마음과 심성에서 벗어남이 심오한 의미에서 재생에서 벗
어남 입니다.

생각에서 벗어남과 생각에 동반하는 편협된 마음과 심성에서 벗어남이 심오한 의미
에서 재생에서 벗어남 입니다.

우리가 하는 일

우리에게 오는 것은 우리에게 의미가 있는 것이기에 이를 거역하는 것은 우리 자신을 거역하는 것입니다. 그렇지 않으면 우리에게 오지 않았을 것입니다.

　우리 인생에는, 정상적으로는 인지하지 못하는, 육체와 그 작용 외에 모종의 존재가 있습니다. 우리는 우리 내부에 형체를 전혀 가지지 않으면서 작용하고 있는 것을 분별하지 못합니다. 우리 안에 있지만 우리는 알지 못합니다. 생각과 느낌보다 더욱 밀접하고 육체보다 더 밀접하지만 이에 대해 우리는 심리학적으로 맹인입니다. 우리가 인생이라고 부르는 정서, 육체적 느낌, 몽상 가운데에서 이에 대해 초점을 맞출 수 있다면 온 우주의 모습이 바뀌게 될 것입니다.

'나'와 자연, 무엇이 다를까요? '내게'와 이 우주를 움직이는 힘, 무엇이 다를까요? 의기 소침과 기고만장, 무엇이 다를까요? 찬사와 비난, 무엇이 다르겠습니까? 즐거움과 슬픔, 무엇이 다르겠습니까? 즐거움을 원하십니까? 인생을 즐거움을 추구하며 살겠습니까? 인생을 슬픔을 피하려고 애쓰며 살겠습니까? 자연 법칙을 범하며 살겠습니까? 사람과 일체 만물을 지배하는 법칙을 거스르면서 살겠습니까? 자연의 힘을 거스르는 것은 전기 섬광을 손바닥으로 끄려는 것과 같습니다. 월요일이 오는 것을 막아 본 적이 있습니까? 사랑하는 사람이 죽어 가는 것을 막을 수 있었습니까?

인생은 여러 가지로 상처를 받지 않습니까? 그래서 이것을 아는 것이 중요합니다. 그러나 잠깐 기다려 보십시오. 생명을 해쳐 본 적이 있습니까? 무엇을 해치거나 다른 사람을 해친 적이 있습니까? 어떻든 일부러 무엇을 망가뜨리거나 다른 무엇을 다치게 한 적이 있습니까? 했거나 하지 않은 일로 상심한 일이 있습니까? 어느 순간이 그것이 아니었으면 하고 아픔을 느낀 적이 있습니까? 자문해 보십시오.

남을 해치렵니까? 그런 사람들이 있지 않습니까? 이 사람들은 음란한 잔학 행위로 극단의 쾌락을 이끌어 냅니다. 그러나 마음이 밑바닥까지 갈 대로 간 사람은 누구나 이런 추악한 생각과 행위로 인해 무서운 혐오를 느끼게 되리라는 것이 나의 믿음입니다. 나는 내가 한 비열한 일을 몹시 싫어하고 있음을 알고 있습니다. 그것을 구역질 나는 느낌으로 나의 몸속에 남아 있음을 알고 있습니다.

거울을 들여다보고 자신이 동성 연애자임을 축하할 수 있는 사람은 많지 않을 것입니다. 만약 그렇다면 처음부터 동성 연애자가 되었을 것입니다. 여러분은 자기 자신을 좋아합니까? 그렇지 않다면 남들 또한 여러분을 좋아해 주기를 바랄 수 없습니다. 한 사람에게 추한 것이 다른 사람에게는 왜 아름다운 것일까요? 그러나 여러분은 자신이 저지른 사소한 비열한 행위 모두에 대해 자신을 용서할 수 있을까요? 매 순간 새롭게 출발할 수 있습니까? 여러분은 여러분에 대한 남의 평가가 어떠하든 그의 인물됨에 상관없이 받아들여 용서할 수 있습니까? 기묘한 일이지만 우리가 우리 자신을 사랑하는 정도로 남을 사랑할 수밖에 없다는 것일 겁니다. '너'와 '나' 사이에 차별이 있습니까?

우리의 본성은 모든 존재에 대한 자애와 연민인 것 같습니다. 그렇지 않은 것은 고통스러우며 상처를 받습니다. 연민을 가지지 않는 것은 비유가 아니라 그 자체가 바로 폭력이며 고문입니다. 그래서 마음은 아주 심한 정도까지 어지러워집니다. 그러나 한 인간이 선량하지 않을 때는 어떨까요? 우리를 속이려 들고 상처를 주려 하고, 고통과 괴롭힘, 그리고 남모르는 불행을 안겨다 주려 하는 사람들은 어떨까요? 노부인을 강간하는 쓰레기 같은 인간과, 희생자들을 아주 교묘하고 독특한 방법으로 고문하는 군인들은 어떨까요? 그들을 사랑하는 것이 가능할까요? 통속적인 의미에서 분명히 그렇지 못할 것입니다. 어떤 의미로든 나는 그런 사람들과 일체가 될 생각이 없지만 그들을 좋아하든 싫어하든 그들은 나의 한 부분입니다. 나는 그들을 이 우주에서 추방할 수 없으며 내 마음속의 존재로부터 추방할 수 없습니다. 우리는 하나, 나와 쓰레기 같은 인간은 하나입니다.

상대방이 어떤 사람이든, 그가 한 짓이 무엇이든, 그가 아무리 지겨워도 그에게 연민을 베풀어도 절대로 효과가 없어도 연민은 어떤 기능을 가지고 있습니다. 연민은, 판단 없이 모든 것을 흘러 보내게 할 수 있는, 인간에 내재한 힘이며 타질서에 대한 사랑입니다. 연민은 공간과 시간을 초월하며 차별을 두지 않습니다. 묻지 않고 대답을 요구하지 않으며 자연 그대로 흘러가게 하는 존립 방법입니다.

우리는 원하는 바에 따라 여러 종교의 계율과 도덕률에 따라 살아갈 수 있지만 인간에게는 깊이 내재한 고유의 도덕률이 있습니다. 이것이 진정한 도덕률이라고 생각합니다. 우리는 이것을 먼저 찾고 다음에 그에 따라 사는 것입니다. 이것이 영광스러운 삶입니다. 비록 즐거움과 괴로움, 찬사와 비난으로 가득 차겠지만 근본적으로 영광스러운 것입니다.

우리는 우리의 생명을 사랑합니다. 그것도 처절하게―우리는 가진 것에 행복을 느끼고 현실에서 찾은 것에 행복을 찾아야 할 필요가 있습니다. 있는 그대로가 전적으로 행복입니다. 남이 찾는 것에서가 아니라 자기 자신이 찾고 아는 것에 의지해서 살 수 있을 따름입니다. 자기의 세계를 남에게 강요할 수 없고 각자의 인생은 독특합니다. 장미꽃은 장미꽃이며 데이지 꽃이 아닙니다. 수선화는 수선화이며 제라늄은 제라늄입니다. 모두가 꽃입니다. 우리는 모두 인간이지만 제각각 다르며 그 나름의 아름다움을 가지고 있습니다. 이것은 자연의 순리입니다. 어느 누구의 인생도 옳고 그르지 않습니다. 그 사람의 인생은 바로 그것입니다.

아름다운 면이라고는 없는 사람과 더러 만날 때가 물론 있습니다. 그러나 우리 존재의 근본을 지키고 그에 따라 생활한다면 자연법을 거스르지 않음을 알게 될 것이며 그 사람에 대해 생각하고 말하고 행동하는 일에 양심의 가책을 받지 않을 것이라는 것을 알게 될 것입니다.

우리의 내면에는 우주가 방해받지 않고 흐르고 있으나 분노, 시기, 탐욕, 악의, 슬픔, 비탄으로 이를 거부하는 애처로운 시도를 합니다. 우주의 흐름은 계속되고 있으나 우리는 어쩐지 그 흐름을 거슬리려 합니다. 이것이 괴로움苦이며 행위로 나타난 업業입니다. 우주는 가는 길이 있는데 우리는 다른 길로 갑니다. 이 과정에서 우리는 허물어져 자기 자신과 싸웁니다. 우리를 공격하는 외부 세력은 없습니다. 외적 요인이 아닌 자기 자신이 스스로 해칩니다.

　나는 수년 전 레스트Leicester 시*에 있는 기계 제작소 사무실에서 일하고 있었습니다. 수백 명의 근로자가 목공용 장비와 금속 공용 장비를 제작하는 일을 하고 있는 공장을 이따금 걸어서 통과해야 했습니다. 한꺼번에 움직이는 기계 소음이 너무 심해 옆 사람과 이야기를 하려면 잘 들을 수 없어 고함을 질러야 했습니다. 그렇다고 소음이 싫어 얼굴을 찡그리고 귀를 막았다면 그것은 매우 좋지 않은 일이었습니다. 그곳에 취업해서 귀마개를 하지 않고 오랫동안 일하면 머지않아 대부분의 사람들은 반 귀머거리가 될 것이라고 나는 생각했습니다. 공장 통로를 자주 다니지 않는 나 같은 사람에게만 그 소음은 귀에 거슬리는 것이었습니다. 내가 그 공장에서 그 소리를 거슬리는 것으로 여기지 않고 그냥 으르렁거리

---

* 레스트Leicester 시: 런던 북북서 약 150Km에 있는 도시로 잉글랜드 레스트쉬어Leicestershire 주의 수도

는 것으로만 여겼더라면 그 소리는 전혀 나쁜 느낌이 아니라는 것을 알게 되었습니다. 사실 그곳에는 오히려 활기가 있고 즐거운 무엇이 있음을 알게 되었습니다. 그 이후 소란스러운 그곳을 지나가기를 바라게 되었고 다른 소란한 곳도 내내 즐기게 되었습니다.

나와 소란한 기계음은 하나가 되어 나는 소리의 진동에 거부감을 느끼지 않았으며 피해도 받지 않았습니다. 물론 이에 한계가 있으며 이런 곳에서 특별히 오랫동안 일하게 되고, 그래서 청력 보호를 하려면 귀마개를 해야 한다고 확신하지만 느낌과 환경, 그리고 나에게 닥치는 것들에 친숙해지는 것이 때로는 아주 수월합니다. 우리에게 오는 것은 우리에게 의미가 있는 것이기에 이를 거역하는 것은 우리 자신을 거역하는 것입니다. 그렇지 않으면 우리에게 오지 않았을 것입니다. 이 우주는 착오를 범하지 않는다고 믿습니다.

모든 것에서 완전히 자유롭게 되는 것은 모든 것들과 완전히 하나가 되는 것입니다. 역설이지요! 욕구와 수수께끼 같은 힘에 이끌려 이 몸에 집착하여 그런대로 걸어 다니고 그런대로 괴로워하면 태어나지 않은 '나'는 결코 나타나지 않습니다. 내가 결코 태어나지 않을 때 나와 사물과 다른 존재 사이에는 나뉨이 없습니다. 그렇게 되면 일상생활 중에 보고 듣고 접촉한 것을 싫어하고 미워함으로써 일어나는 부정적인 느낌과 정신·육체적 질환으로 스스로 자기의 머리를 내려치지 않을 것입니다.

꿈과 부정적인 마음 상태, 짜증 등의 형식으로 우주에서 오는 수많은 자질구레한 메시지는 우리에게 무언가를 말하기 위한 것입니다. 이것은 대부분 우리의 내면에서 오는 반응이고 반동이며 가장 신비스럽고 깊이를 가늠할 수 없는 방법으로 균형을 교정하는 업業의 작용입니다. 이 자질구레한 메시지는 주목할 가치가 있습니다. 이것은 어쨌든 우리에게 중요합니다. '나에게', '내'가 하는 일 등 이런 일들이 일어나는 방식은 본래 모두 같습니다.

살피십시오. 생활하고 숨쉬고 만지고 말할 때 면밀하게 살피십시오. 다른 것은 어디 있습니까? 우리의 내면, 외부, 아니면 어느 곳에도? 살피고 흘러가게 두어 '살피는 나'라는 관념을 모두 버리십시오. 매번 깊은 의미를 가지고 다른 모습으로 거듭 나타나는 동일한 진실을 보십시오. 하는 일과 그에 따라 일어나는 일을 살피십시오. 아랫배에 긴장을 풀고 자유롭게 숨을 쉬십시오.

우리의 본성은 모든 존재에 대한 자애와 연민인 것 같습니다. 그렇지 않은 것은 고통스러우며 상처를 받습니다. 연민을 가지지 않는 것은 비유가 아니라 그 자체가 바로 폭력이며 고문입니다.

지각을 느낌

내면의 눈을 떠서 지금, 바로 이 순간을 보십시오. 생활을 느끼고, 그 냄새와 맛과 소리를 여러분의 진솔한 바로 그 알맹이로 직접 경험하십시오.

몸을 움직이고, 물건을 만지고, 집어 들어 다른 곳으로 옮기고, 접시를 닦고, 나무와 금속에 광택을 내고, 종이에 잉크를 떨어뜨리고, 다리미로 주름을 펴고, 누군가를 쳐다보는 일 등에 믿을 수 없는 아름다움이 있습니다. 고요하고 평온한 마음으로 이런 일들을 실행할 때 그것은 최대한의 영적 행복을 실현시켜 주는, 가장 단순하나 비범한 일이 됩니다. 아무것도 갈망하지 않을 때 하는 일을 자유롭게 즐기고, 문양을 자유롭게 보며, 모든 것에서 음악을 자유롭게 듣습니다.

"그러나 시간이 없어요, 집, 아이들, 일 등 급히 해야 할 일이 있어요. 냄비를 씻는 데서 믿을 수 없는 아름다움을 볼 여유가 없어요. 저기 산더미같이 쌓인 일을 보았나요?"라고 말할지도 모릅니다.

할 일이 아주 많은 사람이 어떻게 일을 냉정하게 할 수 있을까요? 하고 있는 일에 주의를 집중하여 이에 몸이 따라가도록 하십시오. 커다란 기쁨이 될 것입니다. 비록 일을 서둘러야 하더라도 일을 마치기 위해서만 하는 일을 하지 마십시오. 그것은 시간의 낭비입니다. 성심을 다해 일을 하십시오. 일 그 자체를 위해 일을 하고 시간을, 시작하는 시간과 마치는 시간, 준비하는 시간, 그리고 계속하는 시간을 아십시오.

손을 뻗쳐 예리한 감수성을 가지고 대상물을 조용히 만지십시오. 손과 팔에 느낌을 느끼고 온몸으로 느끼십시오. 만지는 자와 만지는 대상의 구분이 사라지도록 하십시오. 동작을 소중히 여기고 접촉과 소리, 색깔을 소중히 여기는 것을 배우십시오.

때로는 일이 나쁘게도 됩니다. 이것이 우주의 작용 방식입니다. 삶은 불확실한 일입니다. 대부분의 사람들은 그들의 인생이 어떤 점에서는, 인생 전체는 아니더라도, 이 불확실성에 의해 꺾여 버립니다. 그들은 즐거움은 좋은 것이고 괴로움은 나쁜 것으로 생각합니다. 하지만 진정한 자아와 이 순간의 본질을 인정하고 꺾일 것은 아무것도 없다는 것을 깨닫는 것이 더 좋습니다.

아주 쉽게 살아가는 방식이 있습니다. 순간에 머물면 일을 마쳐야 할 필요가 있는 일을 하기에 시간은 충분하고 일을 마치는 데 필요한 물자도 아마 충분할 것입니다. 시간이 흘러가 버려 당황스러우면, 좋습니다, 이것 역시 흥미로운 것이 되겠군요. 잠깐 웃으세요. 여러분의 관심이 필요한 곳 모두를 만족시킬 수는 없습니다. 오는 편지마다 일일이 답장을 보낼 필요가 없습니다. 제의는 모두 다 받아들여져야 할 것은 아니지요. 몸은 옳은 것에 가고 옳은 일을 합니다. 진실이 여러분의 목적이라면 마음은 반드시 이에 쏠리게 되어 있습니다.

들숨과 날숨을 알아차리고 아랫배가 부풀고 꺼지는 것을

살피십시오. 걷고 있는 몸을 말없이 살피십시오. 옆을 지나가는 사람들을 살피십시오. 의욕하지 않고 듣고 마음을 살피십시오. 즐거움과 괴로움을 살피십시오. 내면의 눈을 떠서 지금, 바로 이 순간을 보십시오. 생활을 느끼고, 그 냄새와 맛과 소리를 여러분의 진솔한 바로 그 알맹이로 직접 경험하십시오. 세속사가 심오하게 될 것입니다.

지겨움이 오면 무시해 버리고 지겨움에 엉겨 붙지 말아야 합니다. 엉겨 붙는 것은 마음의 또 다른 상태로서 이것이 진실을 왜곡합니다. 순간은 단조롭고 지겨운 것이 아님에도 단지 마음이 그렇게 만듭니다. 고통이 오면 오는 대로 두십시오. 실재의 본질과 순간의 본질에는 고통이 아닌 무엇이 있습니다. 혼란이 오면 오는 대로 두십시오. 억지로 평온해지려하면 오히려 혼란을 더 부추길 따름입니다. 좀더 잔잔해지면 여러분의 존재의 근원으로 되돌아 갈 기회를 가지십시오.

통찰에는 끝이 없을 것입니다. 같은 것을 체험하는 방법은 아주 많습니다. 대상에 더 가까이 접근하면 대상은 모습이 바뀝니다. 우주와 인간 존재의 심연을 이해하기 위해 어딜 가거나 무엇을 할 필요가 없습니다.

쌓인 그릇을 씻는 것을 즐기십시오.

통찰에는 끝이 없을 것입니다. 같은 것을 체험하는 방법은 아주 많습니다. 대상에 더
가까이 접근하면 대상은 모습이 바뀝니다. 우주와 인간 존재의 심연을 이해하기 위해
어딜 가거나 무엇을 할 필요가 없습니다.

| 길 |

행복은 생활 속에 강제로 주입되어지지 않으며 또 강제로 빼앗겨 지지도 않지만 정지시켜 미정인 채로 사물과 사람, 그리고 관념에 집착하여 이를 그냥 흘려보내려 하지 않을 때 하는일 바로 그것입니다.

행복은 생활 속에 강제로 주입되어지지 않으며 또 강제로 빼앗겨 지지도 않지만 정지시켜 미정인 채로 사물과 사람, 그리고 관념에 집착하여 이를 그냥 흘려보내려 하지 않을 때 하는일 바로 그것입니다. 이때 마음은 토마토 껍질로 막힌 싱크대의 배수구처럼 막혀 버리고 방법이 궁색해집니다.

깨어 있는 것. 일상생활 중에 나타나는 몸과 마음의 순간들을 살피되, 일어나기를 바랐던 것과는 반대되는 현상이 나타나는 것을 살피고, 두려워했던 것이 나타나는 것을 살피고, 혹은 이미 일어난 일은 생활의 한 모습이며 이것은 완전히 저절로 형성된 제약이며 그래서 마음에 갈등이 있음을 비탄하는 것을 살핍니다. 지혜와 연민은 이런 상황에서도 작용하도록 해야 될 것입니다.

이것저것이라는 구별이 자의적인 것으로 보이고 '이것은 내 것, 저것은 너의 것' 이라는 구별하는 생각이 없을 때 견해, 언어, 생활 방식, 마음 챙김과 마음 집중은 탐욕, 죄의식, 증오, 부주의, 자기 만족, 그리고 두려움에 의해 방해를 받지 않게 됩니다.

앞이 열려 있어 청명하고 선의와 밝은 심성이 있어 이에 따르려는 용기를 가지고 있을 때, 과거와 현재는 무無로 녹아들고 자기 중심에서 벗어난 인생을 살게 될 것이며 자아는 푸른 하늘, 푸른 들, 흐르는 시냇물, 오염된 대기, 지저분한 길거리, 붐비는 군중, 더러움과 아름다움처럼 의미 있는 것이 될 것입니다.

열성과 훌륭한 분별력으로 올바른 것에 따를 때, 지혜와 연민이 가식적이 아닌 실질적인 것이 될 때, 신비스러운 천상

의 길이 발 아래에 나타납니다. 이것이 괴로움에서 벗어나는
길, 즉 해탈의 길이며 순수한 행복의 실현입니다.

열성과 훌륭한 분별력으로 올바른 것에 따를 때, 지혜와 연민이 가식적이 아닌 실질적
인 것이 될 때, 신비스러운 천상의 길이 발 아래에 나타납니다. 이것이 괴로움에서 벗
어나는 길, 즉 해탈의 길이며 순수한 행복의 실현입니다.

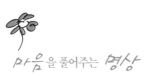

마음을 풀어주는 명상

초판 1쇄 인쇄 | 2009년 1월 15일
초판 1쇄 발행 | 2009년 1월 15일

지은이 | 다이애나 St. 루드
옮긴이 | 홍종욱
펴낸이 | 이의성
펴낸곳 | 지혜의 나무

등록번호 | 제 1-2492호
주소 | 서울시 종로구 관훈동 198-16 남도빌딩 3층
전화 | 02)730-2211
팩스 | 02)730-2210

ISBN 978-89-89182-46-7 03810

*잘못된 책은 바꾸어 드립니다.